D1519962

Los traductores del viento

Primera edición: octubre 2013

© Marta López Luaces

© Vaso Roto Ediciones, 2011
Madrid – México
c/ Alcalá 85, 7° izda.
Madrid, 28009
Gruta Azul 147, Col. Valle de San Ángel
San Pedro Garza García, N.L. 66290
vasoroto@vasoroto.com
www.vasoroto.com

Diseño de colección: Josep Bagà

Impreso en España
Imprenta: Kadmos
ISBN: 978-84-15168-82-9
BIC: FA
Dep. legal: M-24372-2013

Marta López Luaces
Los traductores del viento

Vaso Roto / Ediciones

Los que cantáis todos los destierros del mundo,
¿no cantaréis para mí un canto nocturno
que tenga la medida de mi dolor?

Saint-John Perse

La autobiografía de Agustín

Caín tuvo relaciones con su mujer, la cual concibió un hijo y dio a luz a Henoc. Más tarde se puso a construir una ciudad, a la que dio el nombre de su hijo, Henoc.

GÉNESIS 4, 18

En verdad yo habito la garganta de un dios y ese es el desprecio de su lengua de extranjeros.

SAINT-JOHN PERSE

EL EXILIO, LA EMIGRACIÓN, EL DESTIERRO, SON DESTINOS DESPRECIABLES. En Henoc los días son cortos y las noches, de una oscuridad transparente, como si siempre hubiera luna llena; solo que si la mirada la buscara no lograría encontrarla. Por las tardes, una neblina se cierne sobre las calles confiriéndoles una intimidad obscena. Desconocida y peligrosa, el misterio de la ciudad se ahonda aún más debido a la escasa información que podemos obtener sobre ella.

La poca educación de la mayoría de los residentes ha sustituido la historia de Henoc por mitos y supersticiones. Así circulan gran cantidad de teorías sobre la fundación de la ciudad. Las más infantiles e inocentes se la adjudican a extraterrestres o sostienen que es un sortilegio de Merlín y que esta ciudad sería el Avalón desaparecido. El samuelismo, la única religión oriunda del lugar, enseña que Henoc se ha fundado sobre la ciudad que construyó Caín y que sus habitantes somos los descendientes espirituales del fratricida. Ellos, los sacerdotes samuelitas, en cambio, como descendientes directos de los misioneros que llegaron a evangelizar hace ya varios lustros, se creen los herederos espirituales de los levitas.

La explicación no es tan exótica ni fantástica, sino que la memoria colectiva ha decidido ignorar su propia historia. Henoc fue construida como un campo más de refugiados; parte de un plan internacional para resolver el problema de la inmigración a los países económicamente más desarrollados. Los diferentes gobiernos decidieron, en un plan conjunto, construir en el rincón más apartado del mundo, en un desierto olvidado por todos, sobre unas ruinas perdidas, una ciudad que albergaría a los inmigrantes indeseables, ya porque fueran ilegales, ya porque hubieran naufragado en alguna patera a la deriva y ningún país les hubiese dado asilo, ya porque no tuvieran educación suficiente o, simplemente, porque, después de un tiempo, ya no se los necesitara más como mano de obra. Henoc sería, por acuerdo internacional, el común destino de todos ellos.

Al principio del otoño, solo por un par de semanas, se asoma por el norte una estrella muy brillante; ilumina de tal manera que pensamos que la naturaleza nos quiere compensar por todas las horas de claridad que nos roba durante el resto del año. En esta época los samuelitas llevan a cabo las dos semanas sagradas: Purificación y Penitencia. Estas son las dos semanas más importantes de Henoc y es cuando se festejan los juicios populares.

Doce senderos confluyen en Macpel, la plaza central, y doce puentes comunican los caminos. Los primeros inmigrantes descubrieron que todas las vías, incluyendo la corriente del pequeño río, se desvían de los límites de la ciudad para volver a Macpel por una larga serie de meandros y pasadizos. Allí se encuentra la biblioteca de la ciudad, hoy ya más museo de libros que lugar de referencia. Se cree que antiguamente el edificio sirvió de iglesia; de ahí sus magníficas cúpulas. Unas viejas escaleras en espiral llevan a la terraza. Desde allí se podría apreciar que la ciudad fue construida como un panóptico. Con el tiempo, los escalones de madera se echaron a perder. Hace varios años que la entrada a la terraza fue sellada por razones de seguridad.

Aunque a primera vista el extraño diseño de la biblioteca llame la atención, lo más insólito se encuentra en el recinto trasero: un jardín, un jardín en medio del desierto. Aquí donde toda vida, salvo los exiliados, ha desaparecido y hay muy pocos animales, fuera de algún que otro perro o gato pasados de contrabando ya que no están permitidos, ese jardín se volvió para mí, como para muchos otros, la única y sola referencia de que existía un mundo más allá de las murallas de esta ciudad.

Ya nadie entra en la biblioteca. Tal vez sea esa la razón por la cual corren tantas leyendas y mitos sobre ella. Su extraño diseño hecho de arcos arbotantes y cúpula levantándose por encima de cualquier otro edificio de Henoc, sus columnas y frisos con bajorrelieves de signos desconocidos, sus enormes portones enmarcados por gorgones han ayudado mucho a que la imaginación de los nuevos pobladores se lanzara al vuelo.

Los irisdicentes vitrales con símbolos geométricos dejan entrar la luz de tal modo que, a veces, al mediodía, se forma en la nave un arco iris, lo que le da al recinto un aura casi mística. Es esa mi hora preferida. Me acomodo en mi sofá mirando ese espectáculo de luz y me reconcilio con esta ciudad que tanto odié en mi adolescencia.

La biblioteca dispone de dos plantas de galerías con columnas al estilo corintio, vitrales y pequeñas estatuas que representan a grandes filósofos y escritores. Las escaleras están revestidas de grabados en relieve.

Se dice que los antiguos bibliotecarios pudieron salvar algunos textos valiosos escondiéndolos en el sótano. La edificación laberíntica del subsuelo habría sido ideal para ese fin. Aun más: se dice que los saqueadores que penetraron allí abajo se perdieron en sus pasillos y terminaron muriendo de hambre y sed. Por mucho que se negaron todos esos rumores, la leyenda ha seguido creciendo de año en año. El último bibliotecario, según el mito popular, habría dejado entre las páginas de uno de los atlas del primer piso un plano en el que se señalaría el lugar donde se guardan algunos misteriosos manuscritos.

13

De vez en cuando, algún que otro muchacho, con la ilusión de hacerse rico o con el fin de sobresalir entre sus amigos, intenta encontrar el plano escondido. A estos los podía reconocer fácilmente porque no tomaban los libros para leer ni para sentir la tibia aspereza de sus hojas, sino que pasaban las páginas rápidamente o daban la vuelta al volumen para ver si caía algo de sus entrañas. A veces, alguno intentaba abrir la portezuela del sótano seguramente para ir en busca de sus ocultas riquezas. Pero las puertas, de roble reforzado con una placa de acero y con imponentes bisagras de hierro, hoy oxidadas, le eran impenetrables.

Sabía muy bien que para cuando me nombraron guardián de la biblioteca –gracias a la intervención de Mateo, mi maestro en el orfelinato donde me crié– el trabajo se había reducido a caminar por las salas del recinto para asegurarme de que ningún mendigo se hubiera escondido en ellas para pasar la noche, o que ningún gamberro intentara prender fuego a los libros para hacerse el gracioso, como ya había ocurrido varias veces antes de mi llegada. No me importó. Era el trabajo perfecto para un hombre solitario como yo.

Por otra parte, mi amor a los libros me llevó a intentar salvar aquellos volúmenes no solo de los gamberros, sino también de las ratas, las polillas, el desuso, el olvido y, en fin, de los estragos del tiempo. De este modo me convertí en el guardián y salvador de los libros –y de la historia– de Henoc.

Desde que era niño he gozado del placer que implica el contacto con el papel, o el de detener la mirada en un cierto diseño especial del libro o en la palabra misma. Sentir un libro entre mis manos se me fue haciendo esencial ya en los primeros años de mi vida cuando mis padres, que aún vivían, me regalaron mis primeras colecciones.

Después de la muerte de ambos, los libros se transformaron en un gran refugio. Yo disfrutaba no solo leyéndolos sino observando sus tapas, tocándolos y pasando una por una sus páginas. Para mí, por sentimental que parezca, la lectura se transformó en un antídoto contra el dolor que sentía ante la pérdida de mis padres. En mis primeros años de infancia el contacto con los libros despertó mi sentido erótico.

Unas pocas calles más allá de la biblioteca se encuentran las murallas de Henoc y luego el desierto, que linda con la ciudad por el oeste y asegura que esta urbe a la que fuimos destinados se transforme en nuestra cárcel. Y así la tratamos. La violencia de los grafiti, las explanadas apestando a orines, la cantidad de solares en los que la poca maleza que crece en Henoc se mezcla con todo tipo de basura, los faroles que, aunque protegidos con rejillas, han sido destrozados y ya no alumbran, o las ventanas rotas de los edificios tapadas con plásticos, para proteger a los inquilinos de las inclemencias del tiempo y de los constantes ruidos que se oyen a todas horas, dan testimonio del desprecio que los ciudadanos sienten por su ciudad. Nunca podemos olvidar que Henoc fue concebida como modo de apartar y aislar a su población y poder así mantener la seguridad del mundo desarrollado. Las vallas de alambre de espino todavía hoy se pueden ver más allá de la muralla que rodea la ciudad. Aunque ya han sido abandonadas por la cantidad de veces que las han agujereado, continúan ahí como el signo de nuestro encierro.

La necesidad obliga a algunos, aún hoy día, a intentar atravesar la sabana, en coche, si tienen la suerte de conseguir uno, o, si no, a pie. Pocos lo consiguen. No solo por la dureza del clima, sino también por otros peligros, como los muchos criminales que se han refugiado allí para evadir la justicia. La mayoría de los que intentan escapar mueren; lo que no disuade a otros de seguir intentándolo. Así muchos aprendimos, mal que bien, a vivir con este sentimiento de exilio; con esa sensación de estar atrapados no solo en esta urbe, sino en una condición y en una vida que no nos corresponde. La idea de que la ciudad a la que se nos había trasladado se transformara en una prisión nos parece una broma de mal gusto, una burla insoportable, y nuestro rencor hacia ella y nuestros conciudadanos crece con el tiempo.

Por eso, para muchos de nosotros, los nativos de Henoc o los que llegamos de niños o en la adolescencia, el lugar de origen, que en nuestro caso no es el nuestro, sino el de nuestros padres y, aun a veces, el de nuestros abuelos, se ha ido transformando en una especie de paraíso perdido al que inútilmente añoramos regresar. El desprecio que sentimos por Henoc crece así cuanto más tiempo pasamos en ella. Y de este modo los que crecimos aquí nos vamos contaminando de un sentimiento de desarraigo similar al de los recién llegados. Tal vez por eso queremos creer que, de una manera u otra, en unos años quizás, se terminará nuestro exilio. Y aunque la realidad nos demuestra lo contrario, vivimos en Henoc como si se tratara de un lugar de tránsito.

Siempre recordaremos el 15 de agosto como «el día del del eclipse». Mateo llegó a la biblioteca más temprano de lo habitual. Por lo general venía por la tarde. Hacía varias semanas que no lo veía. Como era ya su costumbre se había ido a meditar y a orar en el desierto. A veces ese aislamiento duraba un par de días, otras, varias semanas.

Me encontraba en la puerta admirando aquel cielo tan extraño cuando lo vi llegar. Subía las escaleras. Me alegré. Lo había echado de menos. Extrañaba sus charlas, su compañía y su optimismo. En un principio creí que querría apreciar mejor aquel fenómeno de la naturaleza. No fue así. Me fijé que a Mateo no le interesaba, como si hubiese visto ese espectáculo celestial anteriormente. Con un saludo y una leve sonrisa pasó a mi lado y se fue directo a la sección de teología. Una vez allí, revisó uno por uno los lomos de los libros, escogió algunos volúmenes y después se sentó en una de las mesas junto a las ventanas que daban a la calle. Yo lo observaba desde la puerta. Después de filmar el eclipse entré para charlar con él un rato, pero lo encontré inmerso en la lectura.

Mateo nunca trataba los libros como objetos; a diferencia del resto de la población de Henoc, los leía casi con ternura. Como guardián de la biblioteca me había acostumbrado a observar a algún que otro viejo maestro llegar con sus estudiantes para mostrarles un libro, en muchos casos, por primera vez. La gran mayoría de los alumnos, luego del primer contacto, los abren con un gesto de superioridad mientras otros se ríen de la extraña estructura del edificio, de la cantidad de polvo acumulado, del desorden, de los agujeros en las paredes y de las goteras en el techo. Quizá por eso la atención, casi el cariño, con que Mateo siempre tomaba esos volúmenes nunca dejó de sorprenderme.

Siguió sentado allí un par de horas. Parecía no verme. De pelo ya canoso y muy abundante, vi que llevaba la barba descuidada. Más que eso, noté que había algo diferente: vestía un chaleco negro medio raído y un pantalón del mismo color que delataban que acababa de llegar del desierto. Por lo general era un hombre muy pulcro, pero hoy parecía un desamparado más. Me preocupó. Es verdad que, a diferencia de otros indigentes, no estaba plagado de heridas ni de pústulas infectadas, ni tenía la mirada perdida. Si no hubiese sido por esos detalles, cualquiera lo hubiese confundido con otro de los mendigos que entran a menudo para protegerse del clima o de las pandillas que, de vez en cuando, los persiguen a pedradas. En esas ocasiones, los dejaba quedarse hasta que pasaba el peligro. Lo sabían y por eso habían aprendido a respetar el recinto y sus libros.

No podía adivinar qué era, pero ese día noté que había algo extraño en los gestos de Mateo, en su forma de estar en el mundo. Algo había cambiado en él. Leía de un modo que no le conocía. Hoy no leía por el placer de la lectura, sino que parecía buscar algo. Sentí curiosidad y continué observándolo.

Pude ver que tenía sobre la mesa, entre otros, los libros *Vida de Santa Teresa*, *Confesiones* de San Agustín, el Zohar, el Corán, *Subida al Monte Carmelo* de San Juan de la Cruz y una edición anotada de los poemas de Fray Luis de León.

En un principio los hojeó; luego hizo otra selección y escogió unos cuantos, los separó y empezó a leerlos. Tal vez mi extrañeza, quise pensar entonces, se debía a que ya no estaba acostumbrado a ver lectores en mi lugar de trabajo. Mateo era el único que venía a leer y no a ver o a tocar las escasas reliquias que habían llegado a Henoch. Me acerqué para preguntarle qué buscaba. Levantó la cabeza y esbozó, por toda respuesta, una sombra de sonrisa. Me acordé de la primera vez que lo había visto. Yo era un niño. Tenía diez años. Asustado ante ese hombretón –Mateo en ese tiempo era muy robusto–, sollozaba de miedo. Sin decir nada me tomó de la mano y me llevó al convento en donde vivía. Allí también habían construido un orfelinato para los niños abandonados de Henoc. Ese orfelinato se transformaría en mi casa por los próximos años. Él dejó de leer, me vio allí e insistió.

–De verdad, Agustín, por el momento creo que tendré bastante con estos volúmenes. Gracias. No te preocupes, estoy bien, me quedaré solo un rato más –respondió, señalando los libros esparcidos sobre la mesa.

La suavidad de su voz contrastaba con los rasgos duros de su rostro. Hablábamos muy bajito, susurrando casi, como si hubiera más gente en el lugar o como si los fantasmas de antiguos lectores, aún hoy, pudiesen imponernos respeto. Volví a mi rutina de trabajo. Él siguió tomando notas. Escribía, pero esos símbolos me resultaban extraños: no eran de ningún alfabeto que hubiese visto antes. Parecían dibujos o algún tipo de jeroglífico. Estuve a punto de acercarme a preguntarle qué escritura era esa; pero no lo hice. Sabía muy bien que iba a encontrar alguna manera de evitar responderme, así que desistí y me fui a pasear por los pasillos de la biblioteca. Mateo continuó leyendo y tomando notas sin levantar la cabeza hasta que anocheció.

–Mateo, tengo que cerrar.

–Disculpa, no me había dado cuenta de la hora.

Se levantó e iba a tomar los libros para ponerlos de vuelta en su lugar cuando le hice un gesto para que los dejara.

–No te preocupes, yo lo hago. Vete y descansa. Ya estás mayor para pasar tanto tiempo en el desierto. Tienes que cuidarte, ya no eres ningún niño –sabía que no le gustaba que le recordaran que había envejecido, pero esta vez no me respondió con uno de sus sarcasmos, solo se despidió.

Tomó el pasillo que da a la salida. Su espalda, ancha como la de un deportista, se encorvaba ahora un poco. Pensé que su cuerpo no coincidía con el reflejo de su mirada y el tono de su voz. Aunque firmes, sus pasos eran más bien lentos. Ya había salido cuando me pareció sentir a alguien cerca de mí. Miré hacia donde había estado Mateo. No vi a nadie. Se había marchado, pero algo había quedado: una presencia, tal vez, la del lector que deja su rastro en una biblioteca.

Antes de devolver aquellos libros a sus estantes, los revisé, busqué alguna marca que pudiese darme una pista sobre lo que Mateo había estado haciendo aquella tarde. Pero no encontré nada. Las páginas seguían tan impecables como si nadie jamás las hubiera leído.

La historia oficial de Henoc (1)

Henoc se construyó a partir de los caminos de emergencias, sin orden ni concierto. Después de instalar la infraestructura necesaria para las viviendas –como el agua potable y la electricidad–, y un mínimo de seguridades públicas –como el sistema educativo y de salud–, se trasladaron a Henoc, en el transcurso de varias décadas, unos diez millones de ilegales.

Puede decirse que este primer período constituye la etapa de gestación de la ciudad. Se podría así dividir la historia de Henoc en tres etapas: la primera, como campo de refugiados, desde 2114 hasta 2175; una segunda, que comienza con la fundación de la ciudad de Henoc y que se extendería hasta aproximadamente el 2200; y la tercera y última, que duraría hasta la destrucción de la biblioteca en el año 2225.

En el año 2153 la población se amotinó. Las fuerzas internacionales mandaron un pequeño ejército que aplacó la rebelión rápidamente. La cifra oficial de víctimas se ha fijado en ochenta y tres muertos y ciento veinticuatro heridos. El suceso terminaría por sentar las bases de un nuevo orden social.[1] Se decidió urbanizar el campamento. Se llamaría a elecciones para una futura transición democrática. También quedó determinado que la ciudad sería administrada por un alcalde y siete ediles, elegidos cada cuatro años.

Las elecciones se llevaron a cabo con la influencia de las organizaciones internacionales y de las empresas Comunidades y Servicios. Se eligió a un alcalde y a siete ediles que sustituyeron al ejército y a las ONGs que hasta entonces habían administrado

---

1   Véase *Cifras de muertos en los conflictos bélicos del siglo XXI.* (Barcelona, Telles, 2221).

Henoc. El cisma entre las nuevas autoridades y el poder económico se hizo manifiesto desde entonces y las querellas entre ambos poderes se irían profundizando en las próximas décadas. Ante la ausencia de una unidad política, una secta religiosa, el samuelismo, vino a llenar ese vacío político. A su vez, su clero se fue apartando de sus enseñanzas originarias para dejarse arrastrar por los complejos intereses de las situaciones reales.

Con la fundación de la ciudad, estas dos corporaciones multinacionales, Comunidades y Servicios, firmaron contratos varias veces billonarios con los diversos gobiernos e instituciones de las grandes potencias para suministrar y administrar la ciudad. En el inicio, el experimento parecía que iba a ser exitoso. Solo más tarde, cuando vieron que los beneficios no eran los esperados, estas grandes empresas comenzaron, poco a poco, a rescindir sus contratos y sus obligaciones, y se transfirieron muchas de las responsabilidades económicas a una población sin ninguna preparación para asumirlas.

Henoc se fue transformando de este modo en una ciudad-estado con una gran autonomía, pero sin una identidad propia. Los viejos problemas de las clases sociales y la corrupción provocaron la crisis, mostrando la incapacidad de estos organismos para afrontar y resolver los graves problemas sociales de esta nueva ciudad.[2] La crisis económica, social y política correspondía, naturalmente, a una profunda crisis cultural. Como el orden político estaba sometido a los intereses de las dos corporaciones, Comunidades y Servicios, a las que se les dieron los derechos sobre la ciudad, y a las políticas exteriores, que en un principio habían conducido a la creación de Henoc, ahora la ciudad no podría llegar a infundir una idea legítima de ciudadanía.[3]

---

2 Véase de Mark Strand, *Corrupción y movilidad social.* (México, Ed. Castillo, 2238)
3 Para un estudio y análisis detallado de la transferencia de los poderes políticos a las grandes empresas internacionales en el siglo XXI y sus resultados, véase el libro de María Juana Summers, *Privatización del poder político: Aciertos y desafíos* (Buenos Aires, Editorial Rosas, 2122).

Por tanto, tres grupos –el político, el económico y el religioso– se disputarían la ciudad. El alcalde y los ediles aspiraban a legitimar su poder y para ello trataron de mantener siempre las mejores relaciones con las dos corporaciones más importantes, Comunidades y Servicios. Por otro lado, ajustaron su conducta a ciertas normas que no suscitaran resistencia por parte de una nueva y poderosa organización religiosa: el samuelismo. También trataron de armonizar los otros dos grupos –el económico y el religioso– y la legislación reflejó ese anhelo. Limitados a sus poderes políticos, eran demasiado débiles para resistirse al poder económico –de Comunidades y Servicios– y al religioso. Por otro lado, se desarrolló el localismo y aparecieron los guetos, lo que concluiría en la división y confrontación de los diferentes barrios de Henoc.

Aunque en algunos sectores las condiciones de vida mejoraron al pasar los años, sobre todo a partir de las primeras generaciones, no sucedió así en la gran mayoría de las zonas de la ciudad. La rivalidad y las divisiones entre los barrios se agudizaron. La consecuencia fue la depresión económica y los nuevos levantamientos callejeros. Los carteles de la droga y el crimen organizado aprovecharon esta situación para tomar mayor control de algunos barrios.

Los miembros de la clase más pobre, nacidos en su mayoría en Henoc, fueron los que mayores problemas tuvieron para lograr una mayor integración cultural: con menos recursos, no solo económicos y políticos, sino también lingüísticos, se les cerró la posibilidad de movilidad social. De este modo, las diferentes clases se transformaron, con el tiempo, en castas, aunque no legalmente, sí en la realidad.

La historia sagrada de Henoc (1)

Primer libro: La creación de Henoc

Esta es la historia de Henoc. Esta es la historia de los descendientes de Caín y su prole. Nuestro Bendito vio el Mal que esparcían por la tierra. Abrumados por el peso de la envidia, sus hijos se descarriaban. El Señor, en su enorme Misericordia, supo que debía defender a sus hijos.

Él, el Bendito, creó Henoc de una pesadilla y allí desterró a los descendientes del fratricida. Henoc sería su destino y su prisión.

El Bendito vio que la prole de Caín conquistaba con sus engaños y artimañas el imperio del Señor. La descendencia del Mal, del perverso, del cruel se esparcía por la tierra como una peste. Nadie podía detenerlos, ya que la sabiduría del Mal es grande: la hipocresía es el arma más poderosa de los simuladores, de los imitadores y farsantes. La ignorancia es la mayor debilidad de los hijos del Señor. Por eso las Escrituras nos enseñan que el conocimiento es el sendero del Bien. Es el camino por el cual se llega a la Verdad.

Nuestro Bendito vio a sus criaturas perderse en las tinieblas oscuras de la maldad. Los seres malignos se multiplicaban y sus hijos no tenían las armas para defenderse. Nuestro Señor es el Gran Guía en la oscuridad. Es la luz que deja ver el camino.

Bendito aquel que todo lo ve. Bendito aquel que nos guía en la oscuridad. Bendito aquel que todo lo perdona. Bendito aquel que desea nuestro Bien y nos protege del Mal. Nuestro Padre, que nos cuida con disciplina y cariño, siempre está atento a nuestro comportamiento. Él, el Bendito, nuestro Señor, supo que los ciudadanos de Henoc faltaban a sus mandamientos.

El Señor es bueno. El Señor volvió a Henoc. Vio a sus hijos llorar. Vio a sus hijos sufrir. Se apiadó de ellos y sufrió con ellos.

El Bendito ordenó a sus discípulos crear el samuelismo para nuestro Bien y para la salvación del pueblo de Henoc. Aquellos que no escucharan serían expulsados de su Bien. El Señor es misericordioso. El Señor nos dio su Ley y con ella su Sabiduría. Aquellos que elijan quedarse en la ignorancia serán castigados por los rayos de la tormenta. La crueldad, la envidia y la hipocresía tomarán posesión de sus cuerpos y sus almas. La confusión de la razón regirá sus decisiones y sus vidas se llenarán de vicios.

Así dice el Señor, «al que ha pecado contra mí lo borraré de mi libro» (Éxodo 32, 25). Hay quienes quieren ver en ello la marca de la crueldad divina. Sin embargo, como un buen padre corrige a su hijo, así el Bendito corrige a la humanidad. El Señor nos manda su Palabra para guiar nuestros pasos, como antaño guio a Moisés a través del desierto. Así ahora el Señor, nuestro Dios, guía a su gran pueblo, la humanidad, fuera del exilio espiritual en el que se encuentra.

También dice *El libro de la sabiduría divina*, «toda la historia de la humanidad está registrada en el rastro que deja la brisa al pasar. Cada una de sus palabras oculta en las briznas del viento el mensaje de Dios. Es el idioma del viento el que mantiene el tiempo y el espacio. En Henoc ese eje se ha roto: su geografía no parece de este mundo.» (*Primer asunto*, 4)

En honor del Señor, nuestro Dios, creamos el samuelismo. El Bendito escucha nuestras palabras y hace recaer su Gloria en nuestro tiempo.

El Bendito nos reclamó para Él. Su amor se derramó por nuestras almas una noche en que la Gran Estrella del Norte apareció en los cielos. Las señales de su Presencia se multiplicaron a nuestro alrededor. La Gran Batalla estaba por comenzar y debíamos elegir. En Henoc el poderío del Mal retó al poderío del Señor. Los soldados del Señor sabíamos que la guerra había comenzado y conocíamos nuestras armas.

La Alianza entre la humanidad y su Dios llegaba a su fin. Su Gloria nos señaló la geografía del tiempo que marca la última fecha. Nuestra tarea es ardua. Muchos se han extraviado. Débiles. Henoc los descarrió. Desoyeron al Señor.

Su Gloria es la fuerza de nuestra convicción. Bebemos de su Vigor. Cantamos sus alabanzas. Rogamos por la memoria del Justo. Rezamos por la salvación de los bondadosos. Soñamos con el futuro eterno de su compañía.

Las palabras de nuestro Señor, que borran el sufrimiento, se nos hacen más y más difíciles de descifrar.

Pero el Señor no pierde la esperanza en sus hijos. Así mandó sus palabras. Ellas le hablaron a nuestra alma. Sus imágenes aparecieron en nuestros sueños. Nuestros sueños eran mensajes. Mandatos. Nosotros, la nave por la cual el Señor se manifestaba. Nuestro deber era seguir al Traductor de Su Palabra.

La autobiografía de Agustín

DECIDÍ CAMINAR A CASA. Estaba algo cansado, pero necesitaba sentir el fresco de la noche. Me preocupaban los preparativos que aún nos quedaban por hacer para las dos semanas de la Gran Estrella del Norte. Faltaban cuatro meses. No era mucho tiempo para todo lo que había que hacer. La cantidad de desamparados que buscarían refugio en la biblioteca iba a ser mayor que en años anteriores. La crisis económica de los últimos dos años había empeorado la situación. Debía empezar a procurar los víveres que iba a necesitar. El primer año como guardián me vi forzado a pedir ayuda a los samuelitas. No me gustó mucho, pero estaba desbordado. Mateo, con algunos estudiantes, trajo lo necesario y me ayudó a proteger la biblioteca de las pandillas. El primer año como guardián protegí a unos mendigos escondiéndolos en una de las salas de la biblioteca. Escapaban de una pandilla de muchachos que empezaron a apedrearlos en cuanto los vieron. Pronto se corrió la voz de que el encargado de la biblioteca protegía y daba asilo a los desamparados de Henoc. Durante los festivos de las dos semanas de la Estrella del

Norte el gentío se vuelve más cruel y su sed de violencia se descarga en los más débiles. Aunque en un principio quise negar los rumores y rechazar a los que empezaron a llegar a la biblioteca pidiendo refugio, Mateo me persuadió para que los ayudáramos. Desde entonces damos cobijo a todo el que lo pide durante esa época. La cantidad de refugiados que llegan aumenta de año en año.

Los samuelitas sabían muy bien que yo había dejado la iglesia. Nunca fui muy creyente, aunque siempre he respetado y agradecido lo que hicieron por mí. Si no fuese por ellos no hubiese sobrevivido mucho tiempo en las calles de Henoc. Los samuelitas me recogieron cuando las autoridades internacionales me trajeron a la ciudad. Fueron muy estrictos, pero nunca me faltó nada. Aun más, Mateo consiguió lo que varias familias de acogida a las que me habían llevado antes de traerme a Henoc no habían podido: hacerme sentir querido.

Poco después de la muerte de mis padres, las autoridades me llevaron a vivir con una familia de adopción. La verdad es que me trataron muy bien. La mujer, que no tenía hijos, se alegró mucho de tener un niño de diez años en la casa. Intentó darme cariño y apoyo, pero la pérdida de mis padres había producido una intensa reacción de ira en mí. Quería irme, escapar, marcharme muy lejos. Y eso hice. Una noche cogí las pocas pertenencias que tenía y me dirigí al pueblo de mi padre. Allí sobreviví unos días hasta que unos amigos de la familia llamaron a la policía. Me llevaron primero a la comisaría y luego a otra casa de acogida. Volví a escaparme. Caminé varios días, perdido, con un temor atroz, hasta que llegué a un pueblo pesquero. No sé si fue el cansancio, el miedo o la temeridad de la infancia lo que me dio el valor para viajar de polizón en uno de los barcos. Ya en alta mar, me vio el capitán, que se enfureció de tal manera que creí que me tiraría por la borda. No llegó a tanto. Luego de llamar a las autoridades, me abandonó en el primer puerto en que anclamos. Pensé que me volverían a arrestar y me mandarían de vuelta a casa, pero no fue así. Después de unos días de detención en la comisaría me metieron en un camión con gente de muy diversos países: mujeres con niños y hombres taciturnos que miraban al suelo como si la vergüenza o la desesperanza les hubiera arrancado el alma. Intenté preguntar adónde nos llevaban. Una de las mujeres que entendió mis gestos más que mi lengua pronunció el nombre que se convertiría en mi destino: Henoc y, luego, por compasión, me tomó entre sus brazos como a otro de sus hijos.

Fue ese cariño que Mateo pudo inspirar en mí la razón por la que, en un principio, deseé seguir su credo. Quería de ese modo devolverle el amor, la bondad y el amparo que había recibido de él. Fuera de Mateo, nunca sería capaz de crear fuertes vínculos emocionales. Ni siquiera, hoy lo sé, con la que luego sería mi esposa. Por agradecimiento o por necesidad de sentir que pertenecía a algún tipo de comunidad, durante varios años serví a Mateo: le ayudaba a preparar los servicios religiosos, las clases de gramática y álgebra que impartía en la escuela del orfelinato o lo acompañaba a repartir comida y ropa en los barrios más marginales.

Mateo es un religioso algo peculiar. Por eso tal vez congeniamos tan bien. Para empezar, hasta hoy día, continúa predicando que la fe no debería ser una obligación. Es un hombre de acción más que de oración. Un ser inquieto que centra sus esfuerzos más en los asuntos inmediatos que en el rescate de almas. Más aún, nunca le he oído ningún comentario moralista: es un hombre religioso al que no le gusta juzgar a los demás. Constantemente está buscando modos de mejorar y ayudar a aquellas familias que él ha adoptado como suyas. Así se ha ganado el respeto, la admiración y el cariño de muchos entre los más necesitados de esta ciudad.

Tal vez por todo eso, él aceptó en mí al ateo que siempre he sido. Fue él quien me dijo que mi deseo de creer era mayor que mis posibilidades de llegar a conseguirlo. No quería que me quedase en el convento si ese no era mi destino. La gran mayoría de los muchachos que los sacerdotes recogen terminan siendo monjes.

Ese, me aseguró Mateo a poco de entrar en el orfelinato, no sería mi caso. Mi lugar no estaría en el convento, sino en la biblioteca. Hacía varias décadas que en Henoc no había bibliotecario, terminé siendo yo su guardián. Ese puesto me ha permitido cuidar y salvar muchos de los libros que han resistido las peores épocas de Henoc. Al principio creí que Mateo me había asignado esa tarea en razón de mi amor por la lectura. Hoy sé que no era así. Desde que me vio acurrucado, allí, con once años, atemorizado, en aquella esquina de la calle Saint Nicholas, Mateo me delineó un destino que ahora cumplo en la cárcel de Henoc.

Aunque aún hoy me sea imposible creerlo, el convento samuelita fue el único espacio en el que encontré algún alivio a la soledad que va infectando a todo el que llega aquí. Por eso, tal vez, al principio me dolió que no viera en mí al monje en que todos querían convertirse. Tal vez tenía miedo de tener que dejarlo. Luego, ya fuera del orfelinato, dejé de asistir al templo, aunque tengo que reconocer que siempre he extrañado mucho ese sentimiento de ser parte de un grupo. Tal vez lo irónico es que solo pude recuperar ese sentimiento de pertenencia cuando llegué a esta prisión.

Quizás ahora, después de esta experiencia en la cárcel, pueda entender que la población de Henoc se sintiese aliviada por una fe como la de los samuelitas. Sus templos se han vuelto espacios en los que las diferencias culturales, educativas y económicas se olvidaban en favor de una creencia en común. Así el ostracismo de los habitantes se alivió en alguna medida. Esta congregación responde a una necesidad tan básica y tan humana como encontrar en el otro un par. Por eso sus templos y centros sagrados se transformaron en lugares de encuentro: más allá de todas las rencillas culturales, nacionales o lingüísticas, allí todos son uno. Conviviendo con ellos aprendí que las creencias religiosas unen más allá de toda diversidad; más de lo que ningún discurso histórico, social o político es capaz de hacer.

Mateo tuvo que convencer a varios funcionarios para que me dieran el puesto de guardián de la biblioteca. Como la paga era bastante pobre, tampoco le fue muy difícil. Así fue como me despedí de la única comunidad que había conocido hasta entonces. Lo que no sabía era que en mi nuevo destino seguiría viendo a mi viejo maestro bastante a menudo.

Unos días después de comenzar el nuevo trabajo, me encontraba en la oficina revisando el estado de algunos volúmenes. Uno de mis pasatiempos preferidos durante mi adolescencia había sido restaurar, con la ayuda de Mateo, los libros que encontraba en los mercadillos o en las tiendas de segunda mano. Ahora en la biblioteca hacía eso mismo: me había propuesto restaurar, uno por uno, cada volumen, y restablecerlo a su estado original.

Esa tarde me hallaba trabajando en unos viejos tomos cuando oí unos ruidos en el patio. Miré por la ventana. Entonces supe quién había mantenido el jardín, que se encuentra en el contra frente, en tan buen estado. Varias veces desde que había empezado a trabajar en la biblioteca me había llamado la atención que nadie parecía preocuparse por aquella parcela tan hermosa. No sabía quién lo había creado ni quién lo mantenía, aunque ya llevaba varios años allí y todo el mundo en Henoc lo conocía por ser el único en la ciudad. Nadie me había hablado de mis obligaciones con aquel jardín. Asumí que habría un jardinero. Me preocupaba que tuviese que ser yo. Nunca fui muy bueno con las plantas. Ya había pasado una semana desde que asumiera el puesto y no había visto a nadie cuidándolo. Los rociadores mecánicos funcionaban automáticamente al esconderse el sol. La hierba cortada a ras del suelo era de un verde nunca visto por estos lugares. Ahora muy sorprendido descubría quién se había ocupado todos esos años por esa flora. Allí estaba. Mateo había entrado sin avisar. Trataba las flores con una enorme paciencia. Me saludó con la mano. Recuerdo que ya entonces me extrañó que en todos los años que lo había conocido nunca me hubiera mencionado esa tarea. Por entonces aún no sospechaba que ese trabajo escondía la verdadera razón que lo llevaba a asistir a menudo a la biblioteca sin levantar sospechas.

En el jardín, que tenía algo de huerta, plantó algunos cactos, pero lo asombroso es que también había conseguido, no sé cómo, plantar diferentes tipos de árboles frutales: albaricoques, manzanos, limoneros, naranjos e higueras. Todo terminó formando un colorido muy extraño para estos lugares. Cuidaba sus plantas y árboles con movimientos ya algo lentos. Pensé que poco a poco, aunque solo fuese físicamente, Mateo se había transformado en el estereotipo del monje. Con sesenta y seis años, seguía siendo un hombre corpulento, aunque la barriga ya le sobresalía por el cinturón del hábito. La sonrisa, amplia y simpática, y la expresión calma de unos ojos color avellana me hacían recordar al viejo monje de los cuentos tradicionales. Aún hoy mantiene una abundante cabellera totalmente cubierta de canas, al igual que la barba. Creo que su aspecto físico le ha ayudado también a ganarse la confianza de muchos vecinos que, en un principio, siempre desconfían de cualquiera que no sea de su propio barrio.

Las próximas semanas lo seguiría viendo allí, por horas, primero en el jardín cuidando sus plantas y luego sentado en la mesa que da a la ventana del sur para que su luz ayudara a esos ojos ya algo cansados. Leía aquellos textos, sin levantarse de allí a veces por horas. Primero pensé que era normal: los maestros samuelitas memorizan las secciones más importantes de los libros teológicos y místicos de las distintas religiones. Mateo, debido a sus años de dedicación al estudio, ya conocía y había analizado en profundidad aquellos pasajes que creía de mayor importancia.

Se volvió una rutina agradable verlo allí, sumido en sus estudios. Sin embargo, después de su regreso tras dos semanas de oración en el desierto, pude notar que algo había cambiado en él. Ya no leía con esa alegría y despreocupación de antes. Estaba más tenso, más nervioso. Mi curiosidad y preocupación aumentaban. Me extrañaba su nuevo comportamiento. El desierto puede trastornar hasta al más fuerte. Muchos de los indigentes de Henoc son hijos del desierto. Algunos, luego de estar un tiempo en la sabana –ya por escapar de la ley, ya por razones religiosas–, se trastornan: o se refugian en las drogas o pierden la razón, hasta que se vuelven fanáticos y se creen profetas.

En vano me decía a mí mismo que me preocupaba inútilmente. Desde que había regresado del desierto, Mateo no había mostrado ninguno de esos síntomas. A diferencia de aquéllos, ni ahora ni antes había intentado hacerme su discípulo, o por lo menos aún no. Tampoco, a diferencia de lo que se hubiera esperado de un monje, trató jamás de convencerme de ninguna verdad trascendental, ni de convertirme al «verdadero» Dios, como tantos seguidores de las muchas sectas que nacen, crecen y mueren a diario en Henoc. Mateo continuaba siendo el mismo de antes. No daba sermones sino que actuaba.

Almorzábamos en la glorieta del jardín. En las conversaciones que habíamos mantenido desde su regreso mostraba la misma coherencia y sensatez de siempre. Las pocas charlas que manteníamos trataban de la mala administración de la ciudad, del clima o de otras minucias por el estilo. Después de pasar el día leyendo, por lo general, a la caída del sol, Mateo salía y se dedicaba un rato largo a cuidar el jardín. Luego regresaba, ya descansado, y volvía a dedicarse a sus estudios.

Una semana después del 15 de agosto, ocurrió otro fenómeno natural extraño en Henoc: una noche estrellada. Cerré la biblioteca y me encaminé a la casa sin poder dejar de mirar aquel espectáculo. Al llegar, vi a mis vecinos reunidos frente a la puerta del edificio. Comentaban, con algo de temor, los extraños acontecimientos de las últimas semanas: primero el eclipse y ahora –y señalaron al cielo– esta noche estrellada. Nadie recordaba ya una noche así en Henoc. El único astro visible desde esta ciudad es la Gran Estrella del Norte, que aparece una vez al año, por dos semanas seguidas. A mis vecinos se les antojaba que aquel paisaje nocturno era una señal o alguna clave que debían descifrar. Se reían nerviosos y discutían las diferentes razones por las cuales podrían haber ocurrido semejantes fenómenos en unas pocas semanas. Para incluirme en la conversación, me preguntaron qué pensaba de aquello. Estaba demasiado agotado y les respondí encogiéndome de hombros y un «no sé qué pensar». Me paré allí un momento con ellos, mirando aquella noche. Me pareció la más hermosa que había visto desde mi llegada a Henoc. Me hizo recordar algunas de mi infancia, cuando iba con mis padres de camping y me quedaba fuera de la tienda de campaña mirando las estrellas. Eso me entristeció y deseé estar con Mildred. Luego me despedí de mis vecinos y me dirigí al buzón antes de tomar el ascensor. Nunca hay correo. Ha quedado por costumbre. Ya casi nadie manda cartas. Sin embargo, cuando se quiso eliminar el servicio, casi hubo una revuelta. Luego se llegó a un acuerdo y se mantuvo el reparto dos días por semana.

Hacía tiempo que no recibía mensajes de Mildred, mi ex mujer. Me alegré mucho al ver una carta de ella. No me sorprendió encontrarla, no era la primera vez que me mandaba una, pero esa noche me pareció una señal más de que debía intentar recuperarla. Me pedía que fuese a cenar a su casa esa noche a las diez. Siempre necesitaba hablar de algo importante conmigo. Sabía muy bien que ese no era el propósito. Era un juego que había empezado después del divorcio. Mildred me dejaba una nota, una postal o una carta invitándome a su casa. Nunca llamaba ni me mandaba un mensaje electrónico. Esos métodos no eran muy románticos, decía. Así que de tanto en tanto me invitaba a cenar o a tomar una copa a su casa para hablar de asuntos pendientes y terminábamos la noche juntos.

Por suerte el ascensor estaba funcionando, no sería la primera vez que me veía obligado a subir hasta mi piso por las escaleras. El descuido y la incapacidad de los responsables del mantenimiento de los edificios han obligado a cada cual a intentar arreglárselas como mejor pueda. Así que agradecí que pudiese llegar a mi casa sin mucho contratiempo. Debía apurarme si no quería llegar tarde. Así que, después de ducharme rápidamente, me encaminé hacia la casa de Mildred. Pensé comprarle unas flores. Pero ya era demasiado tarde y no encontré nada abierto. Sabía que aún la quería, aunque no pudiera vivir con ella. La había conocido hacía diez años, por casualidad. Iba de camino a casa y ella salía de su coche cuando tropezamos. Se le cayó algo de las manos y los dos nos agachamos a recogerlo. Sus ojos grandes y oscuros me cautivaron al momento. No me acuerdo qué le dije. Recuerdo, sin embargo, que me respondió con una sonrisa amplia y muy expresiva, que me dio valor para continuar la conversación y así acompañarla hasta el edificio donde se encontraba su trabajo. A los dos días me pasé por allí con la esperanza de encontrarla. La vi en un café unas calles más abajo. Charlaba con una de sus compañeras. Entré y la saludé intentando parecer sorprendido, como si todo ese encuentro fuese una casualidad. Meses más tarde Mildred me confesaría que no se creyó mi sorpresa ni mi actuación pero se sintió muy halagada.

Tras presentarme a su amiga me invitó a tomar asiento con ellas. Por supuesto, acepté enseguida. Su compañera, después de unas palabras, se tuvo que ir y nos dejó solos. Charlamos un rato hasta que tuvo que volver al trabajo. Aproveché para acompañarla y un poco antes de que entrara a su oficina la invité a cenar. Para mi sorpresa, aceptó enseguida.

Salimos al día siguiente. Hablamos mucho. Creo que ambos necesitábamos desahogarnos. Me comentó el peso que significaba para ella las obligaciones con la comunidad inmigrante de sus padres. Yo le comenté mi teoría sobre la inmigración. Siempre creí –le dije– que nosotros, los extranjeros, somos gente sin pasado, aunque parezca una contradicción con la forma de vida que lleva la gran mayoría. Es cierto que se pasan horas rememorando, que se reúnen en alguna casa, bar o club y disfrutan al recordar pequeños detalles de sus pueblos o ciudades. Comentan las costumbres, las comidas, los amigos y familiares que dejaron atrás; o recuerdan paisajes y monumentos que sus ojos parecen buscar y no encontrar. Sin embargo, si los escuchas atentamente caerás en la cuenta de que ese mundo, ese país del que tanto hablan, no existe y, probablemente, nunca haya existido. Se lo han ido inventando y construyendo según fue pasando el tiempo y esa invención llegó a sustituir la realidad hasta el punto de borrarla. De este modo, ese mundo que dejaron atrás cada vez se vuelve más bello, más justo y más generoso. Así, hecho a la medida de cada uno, ese lugar se transforma en ese pequeño paraíso que toda persona, inmigrante o no, añora y desea. Para mí, le dije, la memoria está tan ligada a la comunidad que nos rodea, que si esa relación no existiera dejaríamos de tener una historia en la que introducirnos y perderíamos nuestras señas de identidad. Por eso los inmigrantes y exiliados se aferran a esas fantasías.

Esa versión de la condición del inmigrante le extrañó al mismo tiempo que le interesó mucho: la liberaba un poco de ese yugo que implica vivir con los recuerdos del otro. Por eso, y a pesar de que la teoría no la convenció mucho, le gustó la idea: iba en contra de todo aquello con lo que se había criado. Se enamoró de mí, me diría, esa misma noche. Mi amor —decía— la liberaba de un pasado que no sentía suyo.

En el primer año de noviazgo nos reíamos de esas observaciones, luego, y ya al pasar el tiempo, lo que había sido una característica que le atraía se volvería, poco a poco y sin saberlo, un fastidio, una de mis tantas extrañezas que se le harían más y más difíciles de soportar. Al principio de la relación, Mildred me decía lo hastiada que estaba de que sus padres la obligasen a ir con ellos al club donde los viejos solo hablaban de un lugar donde ella nunca había estado, pero que de oírlo tantas veces, conocía mucho mejor que Henoc. También le constaba, por las veces que se lo habían repetido, que la gente de allá era mejor: los amigos eran amigos de verdad, decía, no como aquí, que cada uno va a lo suyo; también la comida de allá era mucho más rica, y así, una cosa tras otra, no importa lo que fuera, todo lo de allá era superior. Añorar y rememorar por horas y horas se había transformado en su vivir diario. Mildred ya no lo soportaba más, o al menos eso creía entonces. Y esa fue una de las características que más le atrajo de mí: que era un solitario, un ser sin pueblo ni gente con quien sintiese afinidad alguna. Eso le fascinaba.

Luego, y ya después de unos años de matrimonio, siempre me diría que yo era un ave rara. Como era el único de mi etnia en Henoc no tenía una comunidad en donde poder refugiarme. Por eso me consideraba una persona sin recuerdos ni pasado. Sin ninguna foto de mi infancia, sin ningún familiar o amistad fuera de Henoc con quien comunicarme, me había convertido en un puro extranjero.

Con el paso del tiempo aquella primera atracción que sintió por mí se desvaneció. Poco a poco empezó a aborrecer en mí aquello mismo que le había atraído tanto. No entendía por qué a mí me gustaba tanto estar entre esos libros: leer sobre pájaros, árboles o sobre el mar... Me lo repetía como si no la hubiese oído la primera vez. También lo que tanto le había gustado de mí cuando éramos novios, que yo no tuviera ninguna comunidad u organización a la que perteneciese o que no tuviera recuerdos, se transformó para ella en un incordio. Ahora esa versión de la condición del inmigrante le parecía ridícula. Más aún, decía que no era solo extraño sino enfermizo que yo no quisiera recordar, que tuviese que sacarme a duras penas alguna palabra sobre mi infancia. Después de varios años de estar conmigo extrañaba esas tardes de camaradería y cariño con sus padres y los amigos de sus padres, charlando y charlando de recuerdos que, aunque no le perteneciesen, Mildred había hecho suyos. Mi soledad, me decía, la asfixiaba.

A pesar de ello, siempre he creído que había algo más detrás de todas esas discusiones: nunca me perdonó que yo no la quisiera tanto como ella me quería a mí. Para Mildred la vida era un camino de dos. Necesitaba que la otra persona fuese totalmente suya. Yo, sin embargo, experimentaba esa necesidad, esa dependencia, como una carga; y aunque intentaba esconderlo, ella lo sentía. Así aprendió a leer mi indiferencia en mis descuidos, en mis pequeños olvidos, en el llegar cada vez más tarde a casa con excusas absurdas del trabajo. Empezó a repetirme que tenía el alma vacía, entumecida, de haberme aislado tanto del mundo, que cada vez me sentía más distante. Y así, poco a poco, mi vivir se transformó para ella en algo extraño. Aseguraba que cuando mis padres murieron, mi alma había muerto con ellos. Ahora pienso que quizás tuviera algo de razón.

El día que se fue, Mildred me reprochó mi hosquedad, ese silencio que me hacía parecer ausente aun cuando estaba con ella. Cuando la vi sacar la última maleta me acordé, no sé por qué, de aquella pobre mujer que me tomó en su regazo de camino a Henoc y deseé una vez más estar entre sus brazos. Y, sin embargo, si soy sincero conmigo mismo, tengo que reconocer que el fracaso de mi matrimonio no me afectó tanto. Tal vez Mildred tuviera razón: mi alma estaba entumecida y era incapaz de sentir nada de lo que pasaba a mi alrededor, incluyendo la pérdida de la única persona que me había querido. La verdad es que después del primer impacto, lo único que pude experimentar fue alivio. Ya no tendría que llegar siempre a la misma hora a casa, ya no habría más de esas rigurosas visitas a su familia; tampoco tendrían lugar las discusiones rutinarias sobre si debíamos tener hijos o no. Esas pequeñas obligaciones se me habían hecho insoportables. No podía evitarlo: solo quería estar entre mis libros.

No sé por qué recuerdo todo esto ahora. Ya nada de eso importa. Mildred vino a visitarme ayer. Por mucho tiempo no quise que me viera aquí, en la cárcel. Sin decir nada, me abrazó, me besó y lloró conmigo. Le aseguré que estaba bien, que no se preocupara. No tenía miedo. Me miró con rabia. Acusó a Mateo, como tantas otras veces durante nuestro matrimonio, de tener total control sobre mí, de haberme metido en todo esto y de llevarme ahora a una muerte segura. La volví abrazar. No dije nada. Intenté calmarla. La oí hasta que sus palabras se volvieron un susurro. Sollozaba apoyada sobre mi hombro. Sentí que la quería más que nunca y deseé estar con ella una vez más. Me reproché entonces no haberla querido como ella había necesitado.

Luego, entre sus brazos, recordé la última noche que estuvimos juntos antes de entrar a la cárcel. Fue un momento difícil. Intentamos hablar del futuro, de adónde íbamos con nuestros esporádicos encuentros, y terminamos recriminándonos tonterías que en ese momento parecían importantes. Como tantas otras veces, no eran más que excusas para sacarnos la ira, los celos y la sensación de fracaso que se habían apoderado de nuestras vidas. Yo sospechaba que veía a alguien. Me dolía. Sentía celos. Pero no tuve el valor de decírselo. Solo pude besarla. Ella no se opuso. Sentí sus labios húmedos. Su lengua buscó la mía. Luego hicimos el amor con furia. Mientras sentía el calor de su cuerpo contra el mío, deseé poder ser otro, un hombre cualquiera, que desea ver un día a sus nietos y morir en su propia cama.

Esa noche con ella soñé; soñé con el mar. Mis padres aún no habían muerto. Yo tenía diez años y me habían llevado a ver el mar por primera vez. Recuerdo que a mi mirada le costó abarcar esa inmensidad verdosa y oscura. El viento había arreciado y sentí frío. Mi madre me puso una chaqueta de lana verde y luego me dio un beso. Había gente paseando por la orilla. Un barco de vela se alejaba hacia el horizonte.

Me desperté sobresaltado. Creí oír un ruido. En esa oscuridad solo escuché la respiración de Mildred a mi lado. Luego de revisar el piso y cerciorarme de que no había nadie, fui a la cocina a hacerme un café. Eran las seis de la mañana y no valía la pena intentar volver a dormir. Mientras me preparaba el desayuno recordé que hacía más de veinte años de aquella escena con mis padres, nunca más volvería a las orillas de una playa. Y, sin embargo, a veces, mientras caminaba por las calles de Henoc me llegaba una brisa con olor a salitre y me traía aquel recuerdo como hoy me lo había traído el sueño. A veces le decía a Mildred que Henoc olía a sal, a sal de mar. Mildred solía reírse entonces –decía que eso era imposible, que cómo iba oler a salitre en medio del desierto–, pero yo, por esos juegos de la memoria, aún podía sentir el mar cerca.

La muerte de mis padres ocurrió poco después de aquel viaje y mi vida cambiaría para siempre. Morirían en un accidente de coche. Un hecho fortuito haría de mí un extranjero en la tierra. Volví a oír un ruido extraño. Me pareció que venía de la sala. Fui hasta allí y miré debajo del sofá. Di un salto hacia atrás. La luz de un par de ojos saltones salía de la oscuridad. Imposible. En Henoc no hay gatos. Las mascotas están prohibidas. Se ha hecho la vista gorda con los perros. No les quedó otro remedio. La gente los compraba de contrabando. Llegó a haber tantos que simplemente decidieron no continuar con las multas. Ahora empezaba a ocurrir lo mismo con los gatos.

Después de calmarme pensé que se le debió haber escapado a algún vecino. El pobre animal estaba tan o más asustado que yo. Miré a mi alrededor para saber cómo había entrado. Vi la puerta del balcón abierta. Esperé un rato sin saber qué hacer. Reconozco que nunca me gustaron esos animales y mucho menos uno como ese, grande, negro y huraño. Aunque no soy supersticioso, esos bichos siempre me han parecido perturbadores. Fui a la cocina, cogí algunos trozos de pollo, los desbrocé, los puse en un plato y los llevé al balcón. Volví a la cocina para hacerme un café. Allí sentado esperé hasta que lo vi salir poco a poco. Primero miró hacia ambos lados, parecía tener miedo de que fuese una trampa, pero como ya me había imaginado, el hambre pudo más que el miedo. De repente corrió hasta el plato. En un momento se comió todo. Luego se sentó y me miró. Me pareció leer en esa mirada algo de agradecimiento. Saltó al edificio de al lado. Me acerqué a la barandilla del balcón y lo vi correr por los tejados. Se detuvo y se dio la vuelta. Sus ojos se quedaron fijos en los míos. Después de un largo rato hizo un pequeño movimiento. Me pareció que quería precaverme de algo. O tal vez es ahora, después de todo lo ocurrido, que interpreto aquella mirada como una premonición.

Pensé entonces que solo era un guardián, de treinta años, con una vida bastante aburrida y sin muchas aspiraciones. Sin embargo, allí, en ese momento, deseé irme, escapar. Intentar cruzar el desierto con Mildred. Podríamos rehacer nuestras vidas más allá, tal vez cerca del mar. Y, con una intensidad que nunca antes había sentido, deseé ser otra persona con el valor necesario para tomar mayor control de mi vida.

Corrían las primeras brisas de la mañana, y yo miraba la ciudad que aún dormía y ese cielo imperturbable, de un azul monótono, claro, sin una nube, que parecía pesar sobre mi cabeza. La excitación del día anterior ya había pasado. Pensé que todo volvería a su rutina. Ya algunos de los vendedores ambulantes, que durante el día poblaban las calles, comenzaban a llegar a sus puestos.

Henoc se veía como un laberinto de cubículos de cemento y cal, excepto por el casco viejo, en el que subsistían algunas construcciones antiguas. El resto de los edificios son todos iguales: bloques de hormigón, de unos veinticinco pisos de altura, rodeados de altos muros con alambrada por razones de seguridad. Algunos, como Mildred o yo, privilegiados, tenemos balcones, pero la mayoría se contenta con unas ventanas rectangulares bloqueadas con rejas negras de hierro. Muchos han levantado unos improvisados toldos de tela para protegerse del sol inclemente del desierto. Otros han pintado las fachadas de diversos colores: verde, amarillo y aun rojo en un intento de darle personalidad a unas edificaciones construidas solo con el propósito utilitario de meter la mayor cantidad de gente posible por metro cuadrado. Así las paredes interiores, de chapa aglomerada, dividen los pisos según la cantidad de miembros de la familia que, originalmente, se había planeado trasladar allí.

Sentí, una vez más, que Henoc estaba en guerra consigo misma. Esta vista, supe entonces, nos marca como extraños, y así ha hecho de nuestro exilio la seña de nuestra identidad. Hoy, como siempre, los habitantes de Henoc regresaríamos a nuestro resentimiento habitual. Intentaríamos hacer todas las compras temprano, antes del mediodía, cuando el calor hace imposible caminar por las calles. Entonces los dueños de las pequeñas tiendas, los desempleados y los niños se van a dormir la siesta, en un intento de escapar del sopor en que nos sumerge este calor imposible, hasta que llega la tarde y los habitantes de Henoc vuelven a salir de sus madrigueras. El sol ya comenzaba a rielar sobre la carretera con ese calor de fuego al que muy pocos se acostumbran. Y entonces sentí los brazos de Mildred alrededor de mi cuerpo mientras me decía que entrara a desayunar con ella. Desayunamos. Después, se vistió en el dormitorio, enfurecida consigo misma, aunque callada. La conozco demasiado bien para que me esconda nada. Conocía cada uno de sus gestos. Me rechazó suavemente cuando fui a darle un beso de despedida.

–No podemos seguir así. Cuántas veces tengo que decirte que quiero una relación. Quiero un hombre. No un niño. Una vida junto a alguien con quien pueda compartirlo todo, alguien en quien pueda confiar. Tenemos que parar esto. Por favor, no nos veamos por un tiempo.

–Sí Mildred, eres tú la que me llamas y me buscas...

–¡Ya sé, ya sé! –dijo interrumpiéndome– pero necesito parar esto aquí y ahora.

Supe que se dirigía sí misma, como tantas otras veces, más que a mí. Yo no tenía ninguna intención de dejarla. Ahora que estábamos separados nos llevábamos mejor que nunca. Haciendo el amor siempre nos habíamos compenetrado muy bien. Mildred no era una mujer tímida y me encantaba que a veces fuese ella la que tomara la iniciativa. Desnudándome, se subía sobre mí a horcajadas y controlaba sus propios tiempos hasta que se venía. Otras jugaba haciéndome el sexo oral, yo ya duro, se levantaba y hacía que se marchaba, lo cual no sabía si me excitaba más o me enfurecía. Ella no seguía chupándome hasta que le rogaba que continuara. Era siempre Mildred la que comenzaba esos juegos y la que los terminaba.

Me volvió a asegurar, como ya lo había hecho en varias ocasiones, que esa era la última vez. No le creí. Estaba seguro de que encontraríamos alguna razón para vernos, para discutir o hacer el amor. Ahora reconozco que para mí se había vuelto una relación muy cómoda: tenía el amor y la compañía de la mujer que amaba sin tener las obligaciones cotidianas. Ahora, en la cárcel, sé que nunca tendré la oportunidad de hacerla feliz.

Llegué algo tarde. Eso no habría sido ningún problema. A nadie le importaba a qué hora llegaba al trabajo. Vi una silueta sentada al final del pasillo. Por un momento me sobresalté. Luego pude apreciar que era Mateo. Me acordé entonces de que él también tenía una llave. Desde que yo era guardián nunca la había usado. Por eso me extrañó, pero luego me acostumbraría. Así lo encontraría todas las mañanas durante los dos meses siguientes. Ese día –era absurdo, tal vez, pero no pude evitarlo–, viéndolo allí, comparé a ese hombre con el hombretón que había sido. Aún mantenía una gran fortaleza física, pero había decaído mucho en los últimos años.

Mateo siempre se había preocupado por mí. Henoc es una ciudad muy dura. Aunque soy alto, soy muy delgado y nunca tuve mucha fuerza. En ese momento pensé que Mateo debió sentir pena la primera vez que me vio aquella noche en la esquina de Saint Nicholas. Me saludó con la mano y le respondí de la misma manera. Luego me percaté de que estudiaba los mismos libros que el día anterior. Transcurrida aproximadamente una hora fue a la sección de lingüística, donde estuvo un rato y, ya con unos tomos más en las manos, regresó a la misma mesa donde había pasado la tarde anterior y comenzó lo que se volvería su rutina.

Mi curiosidad aumentaba, Algo le debió ocurrir en el desierto. ¿Qué busca en esos libros? Y ¿por qué ahora? Su esfuerzo por interpretar y descifrar toda la información recopilada en aquellos textos nacía de una necesidad interior. Lo sabía. Y no era solo una obligación religiosa, como en muchos otros monjes samuelitas. Pero, ¿qué buscaba ahora con tanta intensidad?

Después de esos primeros días, Mateo continuó leyendo no solo libros de teología o de lingüística, sino también de poesía, arte y filosofía, mientras seguía escribiendo en un cuaderno algunos símbolos o jeroglíficos, como si no quisiera que nadie pudiese entenderlos, lo que hacía que creciera aun más mi curiosidad. Varias veces intenté preguntarle el significado de aquellos signos, pero de una manera u otra evitó responderme. Algunos dibujos parecían letras; otros, en cambio, eran trazos que se sucedían, uno tras otro, como si fueran palabras formando algo que parecía una oración.

Durante aquellas primeras semanas noté que releía varias veces algunas secciones de un libro y luego parecía tomar esas notas. Su actitud me intrigaba. Me preguntaba qué era lo que estudiaba con tanta paciencia y para qué.

De repente pensé que tal vez Mateo tuviera algo que ocultar. Quizás me mentía. No sabía por qué. Nunca hablaba mucho de su vida. Tampoco quiso nunca contarme cómo había llegado a Henoc. Sabía por los rumores que corrían en el orfelinato que, después de haber sido condenado en los juicios populares, se había convertido al samuelismo. Se había salvado porque no lo culparon de asesinato. Me imaginé que probablemente no quería que descubriera su verdadera identidad. Creo que por un segundo sospeché de Mateo. Nunca supe cuál había sido su crimen. Él tampoco hablaba del asunto. Solo una vez, durante mi adolescencia, me atreví a preguntarle. Se negó a responderme.

Los juicios populares se celebran la segunda semana después de la aparición de la Estrella del Norte. La primera es la Semana de Purificación, luego llega la Semana de Penitencia. En la primera semana los samuelitas se visten con sotanas blancas y un efod púrpura ornamentado con iconografía bordada en oro. A los niños los visten de blanco. Ellos siguen a sus maestros en una procesión hasta la salida al desierto. El sábado salen del templo central cargando un tabernáculo, hecho al modo del que Dios le mandó hacer a Moisés y a los levitas en su peregrinación por el desierto. Detenidos en el límite de la ciudad, oran con un rumor constante y monótono. Por una semana continuarán rezándoles a los Patriarcas para que intercedan por la humanidad y se restablezca así el pacto con el Señor, que en la creencia de los samuelitas se ha roto por los pecados de los hombres. Recitan durante horas y días, primero la Alianza que Dios hizo con Noé: «Yo pondré mi arco iris en las nubes y él será la señal de la Alianza entre la tierra y yo.» Luego repiten una y otra vez la Ley. Así esperan, año tras año, la señal que nunca llega. Luego y ya concluida la Semana de Penitencia, los samuelitas regresan a Henoc. La muchedumbre los sigue desde la entrada de la ciudad hasta el templo. Allí esperan. Preparan a los presos, el resto de la gente festeja comiendo, bebiendo y bailando hasta al atardecer, cuando llevan a los criminales al estadio y comienza la Semana de Purificación.

En esos días, la alharaca del gentío llena todos los rincones. Es imposible ignorar los festejos. Las pantallas, localizadas en todos los lugares públicos, en cada plaza, en cada esquina, en todos los bares y restaurantes, retransmiten las celebraciones, los juicios y los castigos.

Los primeros días se juzga a los ladrones, las prostitutas, los políticos e industriales corruptos y a aquellos que han intentado escapar de Henoc. Desde el lunes hasta el jueves no se permite imponer ni la pena de muerte ni la tortura. Los castigos que se pueden imponer van desde varios años de cárcel hasta la ridiculización física, emocional y mental del delincuente. A partir del jueves se juzga a los secuestradores, los pederastas y los violadores. Entonces los castigos pueden ir desde la tortura hasta la ablación. El sábado y el domingo se juzga a los asesinos más violentos, torturadores de un enorme sadismo a los que, a su vez, se condena a morir torturados. Como Caín refleja lo peor de la humanidad, los fratricidas de Henoc reflejan nuestra peor herencia espiritual. Según la creencia samuelita, los fratricidas son los peores de nosotros: su castigo debe consistir en todo tipo de vejaciones y torturas, hasta llevarlos lentamente a la muerte.

En las primeras horas del día cualquiera mayor de dieciocho años puede mandar, a través del móvil, del ordenador o la televisión, mensajes detallando los diversos castigos que se desean para algún preso en particular. Siempre hay que seguir las reglas del día, si no el mensaje se descarta. Luego, por la tarde, toda la población, desde cualquier parte de Henoc, puede votar por la pena que le parezca más apropiada para cada reo. El público en el estadio puede votar alzando la mano. Ya allí, de noche, los verdugos llevarán a cabo el mandato del pueblo de Henoc.

Lo que comenzó siendo un modo de democracia en el sistema judicial terminó siendo, hoy en día, un juego de una enorme crueldad. Según fue pasando el tiempo, la gente fue ideando penas más y más sofisticadas. Obviamente, en algún momento, los juicios dejaron de ser cuestiones de justicia o de democracia; ni siquiera se trata ya de venganza, sino de una competencia inhumana entre los ciudadanos: gana aquel que imponga la tortura más original y, por lo general, más cruel y espectacular. Aunque oficialmente esto nunca se diría ni se aceptaría, todos en Henoc sabemos que es así.

El fin de semana es siempre el período de mayor participación: las entradas al estadio pueden llegar a costar el sueldo de un mes, lo que no impide que se agoten a la hora de abrirse la ventanilla.

Aunque hay algunos, sobre todo los ancianos, que prefieren ir al estadio al principio del festejo. En esos primeros días, dicen, se pueden demostrar ciertas habilidades que ellos consideran importantes: hacer sufrir sin llegar a torturar o infligir dolor corporal implica una gran habilidad, una cierta sutileza morbosa que no todo el mundo posee y que –según ellos– los jóvenes, en particular, no pueden apreciar.

Toda esta barbarie se lleva a cabo desde hace ya varios lustros, y muchas veces me he preguntado por qué el mundo exterior lo permite. La única respuesta que puedo darles es que les es imposible identificarse con una población como la nuestra. Nuestra humanidad, aunque no se diga, les resulta de por sí cuestionable. Y los juicios y sus castigos no vienen más que a dar prueba de ello.

La edad permitida para poder entrar en el estadio son los catorce años. Me acuerdo que, como si se tratara de un rito de madurez, de niños, todos queríamos participar de alguna manera en las festividades mientras esperábamos el día en que finalmente podríamos asistir a los juicios; íbamos a las cárceles a ver cómo vestían los presos y luego los seguíamos hasta la entrada del estadio.

Para mi sorpresa, la primera vez que asistí a los juicios, sentí una cierta repugnancia; no tanto por el espectáculo en sí, sino por el gentío. Nunca antes había sentido aquella sed de crueldad colectiva. Muchas veces había visto por las pantallas los diferentes modos de ajusticiar a los criminales, así que la crueldad de las penas que se imponían no me afectó mucho. Fue, sin embargo, la reacción al espectáculo lo que me tomó por sorpresa. El público, una vez en el estadio, comenzó a gritar y a insultar al preso hasta que se decidía qué tipo de castigo se le iba a imponer. Poco después, ya determinada la pena y solo por un instante, entramos en un total silencio, hipnotizados por el terror del desdichado. Parecía que, a través de su sufrimiento, nos identificábamos con él. Luego, y ya cuando se estaba ejecutando la pena, los gritos de aquel pobre hombre llenaron todo el espacio que nos rodeaba. Me pareció que su dolor se mezclaba con el aire mismo que respirábamos, y una sensación de asfixia me invadió; oí que el público comenzaba a insultarlo otra vez y, al momento, empezamos, yo incluido, a reírnos con verdadera ira.

Todos, en ese momento, perdimos nuestros límites; dejamos de ser padres, hijos, estudiantes, monjes, maestros, policías... Esa furia que sentíamos, esa que solo conoce aquel que se sabe extranjero en la tierra, salió a la superficie y se integró en la realidad colectiva. Entonces nos cebamos de nuestro propio sentimiento de impotencia ante nuestra realidad y comenzamos a pedir castigos cada vez más atroces. Le dábamos instrucciones al verdugo para que la tortura fuera más brutal: la mirada de terror del reo nos reconfortaba.

Luego –ya en la calle y aún borracho de ira–, el gentío intentó legitimar aquel sentimiento con más violencia. Los disturbios se prolongaron por varias horas. Algunos violaron mujeres y hombres sin llegar a sentir ningún placer, otros mataron sin propósito o razón y aun otros se suicidaron con una alegría pletórica.

La policía rodeó los barrios cercanos al estadio y esperó hasta que la situación cedió. Después entró disparando balas de goma. Algunos murieron allí, otros se entregarían voluntariamente, los más serían capturados. Luego, y gracias a estos arrestos, la población pudo reemplazar el gozo del mal por el gozo de la culpa y la penitencia: el próximo año, muchos de esos nuevos presos fueron juzgados en el estadio. En los años siguientes se repetirían disturbios similares hasta que, hoy día, se ha vuelto algo ya esperado.

Muchos de los sobrevivientes de los juicios –ladrones, políticos corruptos y algunas prostitutas– se convierten al samuelismo. En el futuro, estos mismos arrepentidos serán los verdugos de los nuevos reos. También aquellos que han cometido delitos menores en las protestas callejeras, como quemar coches o basureros, irán a hacer penitencia en los conventos de los samuelitas si no quieren pasar uno o dos años en la terrible cárcel de Henoc. Por doce meses rezarán, se concentrarán en su salvación y se dedicarán a la purificación de sus cuerpos y almas. Los criminales de años anteriores, los que han sobrevivido a los juicios por haber sido acusados de crímenes menores, serán los que entrenen a estos nuevos en cómo ser verdugos. Con la ayuda de estos ex prisioneros se imaginarán las torturas más atroces, muchas impensables para el resto de la población, y así estarán preparados para la Semana de Purificación. Antes deben convertirse al samuelismo y serán parte del sacerdocio, aunque nunca podrán ascender y participar plenamente de todos los secretos de la fe. En mi seminario conocí a varios de ellos. A nuestros ojos, se alzaban como héroes. Todos estábamos intrigados por la trayectoria que los había llevado hasta allí. Queríamos saber todo de ellos, como si su mal se tratara de algún enigma que necesitáramos descifrar.

Años después volvería al estadio y sería testigo de algo mucho más extraño: muchos condenados a muerte, convertidos, durante su estancia en la cárcel, al samuelismo, –no sé si drogados o fascinados por su propio dolor–, sonreirían mientras los desmembraban vivos; otros, ya entregados a Dios, mirarían al cielo como si el mismo Eterno se los fuera a llevar a su Reino en ese mismísimo instante. Es verdad que hay samuelitas que consideran estas prácticas pura barbarie y se oponen a que su congregación participe en lo que consideran un nuevo circo romano. Entre ellos se encuentra mi maestro, Mateo. Por su insistencia, y por el respeto y el cariño que siempre le he tenido, dejé de asistir al estadio. Las críticas de Mateo nunca han llegado muy lejos. Las autoridades internacionales nunca condenaron con fuerza este tipo de justicia, ya que le encuentran algo de utilidad: la consideran un buen método para atemorizar, controlar y entretener a la población sin involucrar a las instituciones políticas, económicas o militares. Los samuelitas creen que con este rito Henoc se purga de sus elementos malignos. Por lo demás, mucha gente asegura que toda esa barbarie es parte del legado cultural que hemos forjado entre todos en nuestro exilio.

Con el tiempo, y así como fui conociendo a Mateo más como hombre que como monje, o más bien como un padre, llegué a la convicción de que esa persona era incapaz de un acto de violencia. Por eso me preguntaba qué había ocurrido para hacer de este hombre, un criminal. Ahora, viéndolo allí, entre esos libros, empezaba a dudar. Tal vez, en algún momento de su vida, Mateo no había sido el ser pacífico y amable que yo conocía. Se había convertido al samuelismo en la cárcel y, como todos sus pares, raramente hablaba de su vida anterior. Me es imposible, aún hoy, imaginar a mi maestro como un ser agresivo. Muchas veces Mateo me había enfatizado que la sed de violencia de Henoc era contagiosa y que, por eso, nuestra obligación era la de ser pacifistas aun con las palabras mismas. En Henoc, la fascinación por la crueldad le ha otorgado a la fuerza bruta una autoridad social y cultural que ha transformado a los criminales en héroes. Por eso, decía, nunca hablaba de su pasado.

A partir del día del eclipse, Mateo volvió a ser tan parte de mi cotidianidad como lo había sido en mi adolescencia. Llegaba muy temprano, o a veces incluso él abría la biblioteca y se sentaba con sus libros hasta el almuerzo. A diferencia de los años en que convivimos en el orfelinato, ahora yo me había vuelto más el padre y él más el hijo. Lo cuidaba. Le llevaba la comida. Me preocupaba de que no se fatigara mucho leyendo o cuidando el jardín. Ahora también reconozco que, a diferencia de mis años de adolescente, ya no confiaba tanto en él.

Mateo me escondía algo. Pensaba hablarle en el Oasis. Nunca me había ocultado nada, o eso creía entonces. Intuía que lo que le ocurría tenía que ver con el momento de su conversión al samuelismo. Esa noche pensaba preguntarle qué había ocurrido entonces. Sabía que era un asunto muy doloroso para él, por eso nunca se lo había preguntado. Pero ahora necesitaba saberlo.

Quizás porque aquella tranquilidad de Mateo frente al mundo que lo rodeaba me daba una gran seguridad pude, por muchos años, ignorar sus extrañezas. Tal vez por eso también nunca me había preocupado su pasado. Pero ahora ya no era así. Necesitaba que me hablara de su vida antes de llegar a la secta. Necesitaba conocer al hombre que mi maestro había sido.

El veintidós de septiembre invité a Mateo a tomar una cerveza en el Oasis, el bar de un amigo. Era mi cumpleaños y no quería pasarlo solo. No quedaba lejos, así que podíamos caminar. Mateo entró esa mañana y, como todos los años, esperaba que me diera un abrazo y me felicitara. No fue así. Se había olvidado.

Entonces fue cuando le propuse ir al bar. Yo sabía muy bien que él no bebía pero, como otras veces, podría acompañarme con un café. Así que después de cerrar, nos fuimos al Oasis.

Renato era de los pocos amigos que me quedaban. Las amistades no se me dan fácilmente. Si mantengo alguna relación más allá de mi maestro y de Mildred se debe, más bien, a la insistencia de algunos viejos compañeros del seminario que continúan llamándome o pasan de vez en cuando por la biblioteca para verme. Renato se alegró mucho al vernos. Abrazó a Mateo y le reprochó que no pasara más a menudo por el bar. Mateo, creo, también se alegró de que uno de sus hijos, como llamaba a todos los que habíamos sido discípulos suyos en el seminario, se alegrara tanto de volverlo a ver. Al rato nos sentamos y empezamos a recordar los viejos tiempos. Entonces ocurrió algo inesperado. En lugar de lograr que Mateo se sincerase conmigo, Renato, que siempre había sido un hombre discreto, consiguió que yo me confesara con ellos. Muchas veces me había preguntado por mi infancia, sin conseguir que me explayara en nada, fuera de alguna mención a la muerte de mis padres. Pero, esa tarde, Renato insistió y, de un momento a otro, me encontré dando rienda suelta a mis recuerdos. Tan irónico fue aquello –tan impropio de mí, que siempre evité hablar de mi pasado– como que ahora esté escribiendo el relato de mi vida. Nunca pensé que indagar en el pasado –hablar, recordar, discutir sobre lo que ya ha ocurrido– tuviera un poder terapéutico o redentor. Todo lo contrario. Aún hoy me parece que solo se logra profundizar en la herida. Sin embargo, esa noche, con algo de alcohol ya en la sangre, accedí a la invitación de Renato que, intrigado desde siempre, volvía a preguntarme cómo había terminado en Henoc.

–Fue un error. Mi situación, si te digo la verdad, es algo ridícula. No debería ser un inmigrante ni un exiliado. Se traspapeló alguna información y nunca pudimos convencer a las autoridades de que solo era un niño rebelde. Me escapé de la casa de una familia de acogida a la que me habían llevado después de la muerte de mis padres. Las autoridades creyeron que era un indocumentado y me trajeron aquí. Luego me dejaron en la calle sin ninguna protección. Me dijeron que alguien de los servicios sociales vendría a buscarme. No llegó nadie. Ya era de noche cuando Mateo me encontró en la esquina de Saint Nicholas, muerto de miedo. Como siempre, intentó buscar a algún familiar, por lejano que fuera, como ya había hecho con muchos de los niños que llegaban al orfelinato. Trataba de convencer a aquellas pobres familias de que recogieran a una criatura más. Creo que le di pena cuando supo que yo no tenía a nadie. Además, siempre fui un chico menudo, delgadito y de expresión tristona. Eso también me haría presa fácil de los más bravucones en el patio del orfelinato. Mateo me tomó cariño. Y aquí estamos, veinte años más tarde.

–Y no estamos tan mal, Agustín, no estamos nada mal, gracias a este hombre –concluyó Renato, poniendo la mano sobre el hombro de Mateo.

Mateo se sonrojó. En ese momento un cliente le hizo una señal a Renato y este se fue a atenderlo. A esas horas, el bar se llenaba de trabajadores que querían tomar algo antes de llegar a sus casas. Mateo y yo nos sentamos en la mesa más apartada, al fondo del local. Él pidió otro café y yo otra cerveza.

–Bueno, ¿cómo van las cosas con Mildred? ¿Estáis juntos, separados...?, ¿cómo va eso?

–Nos lo pasamos bien. No me mires así. Los dos nos lo pasamos bien, aunque ella se queje de vez en cuando.

–No se puede vivir así, Agustín. Para los creyentes la fe es una fiel compañera. Pero aquellos que no creéis, como tú, necesitáis una compañera de carne y hueso para hacer la vida más llevadera. Hazme caso, vuelve con Mildred. Es una buena mujer. Sé que te quiere y que tú aún la quieres también.

Ya había tomado un par de cañas y se me notaba. Ignoré su comentario.

–Bueno, dejemos de hablar de mí. ¿Y tú en qué andas? Todos los días leyendo y tomando notas...

La bebida tiende a deprimirme, así que intento evitarla. Esa noche, en cambio, bebí de más, y terminé hablando más de la cuenta.

–Ya que preguntas, busco al que debe ser el próximo Traductor –me respondió Mateo mientras levantaba la taza para tomar un sorbo de café.

–Perdona, Mateo, sé que estás un poco atrasado en todo esto de la tecnología, pero estoy seguro de que sabes que ya no quedan traductores. Por mucho que los odies, hoy hay programas que en un minuto traducen a todas las lenguas cien bibliotecas como la nuestra.

–Sí, lo sé. Pero no pueden traducir el idioma del viento –su repuesta me sorprendió tanto que por un momento no supe qué contestarle.

–¡Ah! Por supuesto. Eso es verdad, no pueden hacerlo –dije irónicamente, mientras pensaba «¿pero es que todos nos volvemos locos en Henoc?» Mateo sonrió, dejándome saber que no le importaba mucho lo que pudiera pensar, y continuó explicándome.

–El Traductor es el puente entre el lenguaje del viento y el ser humano. Es el guardián del mundo interior. Sin él, la humanidad dejará de tener sentimientos o conciencia. Por eso es urgente que lo encuentre.

–Mateo, por favor, si tú siempre has tenido más sentido común que todos esos papagayos que se la pasan dando sermones. Algo te tuvo que ocurrir cuando estabas en el desierto.

–No. Nada de eso. Estoy en perfectas condiciones. Pero estamos en una crisis. Y tenemos que actuar... Tenemos que encontrar al próximo Traductor. El Traductor es el que se comunica con lo divino. Es el que transmite la realidad interior de cada generación: las añoranzas, los temores, los deseos, las creencias.... El idioma del viento se crea a partir de esos sentimientos de nostalgia. Su imagen acústica se siente como una añoranza que queda en el mundo de lo perceptible. Es por eso también que el Traductor termina su función según madura emocionalmente otra generación en el mundo. Así, yo fui el último Traductor, y ya estoy perdiendo la capacidad de entender el idioma actual. Mi función está llegando a su fin y debería, por tradición, comenzar a entrenar a mi discípulo, aquel que será el próximo Traductor, para que sepa cumplir su destino en el futuro. Sin embargo, algo ha ocurrido y no he podido encontrar el discípulo que debo entrenar para que continúe la labor.

Aunque todo eso se me antojaba descabellado, seguí escuchándolo.

–Necesito que me ayudes a encontrarlo.

No supe qué contestarle, aunque esa petición me sacó del sopor en que me encontraba por el alcohol que había consumido. Conocía a mi maestro muy bien, o eso creía, siempre lo había tenido como un hombre muy sensato y me costaba creer que se prestara, ahora, a estos delirios, y más aún que quisiera incluirme cuando siempre me había mantenido al margen de su fe. No sabía si sentirme halagado o asustarme.

–Pensé que podrías ayudarme –siguió diciéndome– a encontrar a mi discípulo. Como te dije, yo ya estoy perdiendo la capacidad para descifrarlo. Hemos podido dilucidar ciertos mensajes, pero no hemos tenido todo el éxito que deseábamos. Descubrimos, casi por casualidad, que el antiguo cisma entre los misioneros que llegaron a evangelizar Henoc y los que luego crearon el samuelismo se debió a la relación entre el idioma del viento y la ciudad de Henoc.

–¿Quiénes son ese nosotros?

–No te preocupes por eso. Sé que te es difícil aceptarlo. Agustín, como ya te he dicho antes, la razón es solo uno de los tantos modos de llegar a entender la realidad que nos rodea. A pesar de lo que ha querido creer el hombre –insistió–, las verdades de Dios no son inescrutables.

Esa tarde me explicó que, con el pasar del tiempo, el ser humano ha perdido la capacidad de comunicarse con la otra realidad. A diferencia de antaño, cuando el hombre podía leer el vocabulario divino en los símbolos de la naturaleza que lo rodeaba, hoy ese conocimiento se ha perdido, y con él, su importancia. Por eso mismo, una de las tareas más importantes del Traductor es decodificar el idioma del viento y así poder llegar a descifrar los mensajes sagrados. De este modo, el discípulo aprende a compartir los códigos de sus antepasados. Su alma dialoga con ellos mientras duerme. Esta es la verdadera importancia del Traductor: es él el que mantiene el pacto entre la nueva generación y lo divino. Su percepción capta, de alguna manera, las sutilezas de ciertas realidades interiores. El Traductor es, por tanto, el encargado de transmitírselas al Señor. Sin él, los nuevos caminos que debe seguir la humanidad se volverán inescrutables, Dios se distanciará y desconocerá a la humanidad.

Lo escuchaba, entre la borrachera y el cansancio. Siempre había respetado, hasta admirado, a mi maestro. Y ahora me encontraba despreciándolo. A ese hombre, que había sido mi padre adoptivo, que me había salvado de las calles de Henoc, ahora lo escuchaba como escucharía a cualquier loco de Henoc. Por respeto, me mantuve allí, sentado, sin saber muy bien qué hacer

—Por lo general, el nuevo Traductor —continuó— se encontraba entre los llamados a ser parte de los Treinta y Seis Justos, aunque no hay ninguna obligación de que sea así. Lo es solo por la fuerza de la tradición. Pero ahora las cosas han cambiado. Por eso debo encontrar algún indicio que me señale el lugar donde pueda encontrar al que debe ser mi discípulo.

Prosiguió diciéndome que sin él nuestras almas serían como selvas, llenas de color, de vida, pero brutales y rudimentarias. Sin el Traductor —me dijo— seríamos incapaces de emprender ningún acto creativo: los científicos dejarían de encontrar curas para las enfermedades que nos acaecen, los artistas no encontrarían inspiración para su arte, la tecnología solo serviría para la guerra, el sexo para reproducirse —no una expresión de amor, sino una forma más de obligación y violencia.

—El concepto de paz sería inútil —siguió— porque no lo entenderíamos. La crueldad como forma de vida sería la norma.

—¡Ah, claro! —ironicé— ¡No me digas! Entonces llegará el Apocalipsis.

Estaba ya harto de todas esas locuras. Quería hacer que se sintiera mal. Tal vez así parase. Estaba decepcionado. Creo que estaba avergonzado de su comportamiento.

—No, tampoco habrá ningún tipo de Apocalipsis —me respondió tranquilamente. No habrá ninguna catástrofe que haga desaparecer el mundo. Solo que quedará en nosotros la necesidad innata del Mal. Ya sé a cuántos habrás escuchado decir que son los nuevos mesías, que el Apocalipsis está muy cerca o que vienen con la Nueva Verdad. Tú me conoces, sabes muy bien que solo soy un viejo estudioso de lo divino, un traductor que está perdiendo su lengua y que por necesidad se ha convertido en una especie de detective.

–Sí, a lo mejor ya estás demasiado viejo...

Ignoró lo que acababa de decir y con una expresión de urgencia volvió a repetirme que dejaríamos de ser un poco más humanos, seres sin capacidad alguna de compasión, de amistad, de amor, de bondad o de piedad. Todos esos sentimientos se transformarán para la humanidad en emociones inútiles, y el egoísmo será el valor a seguir. Todo esto me lo decía con intensidad y una gran calma a la vez.

–Pues, Mateo, tú no debes vivir en el mismo planeta que yo. Si no te has enterado, ya vivimos en ese mundo.

Se lo dije con un tono mordaz que él eligió ignorar y, otra vez, sin hacer mucho caso de lo que le acababa de decir, siguió insistiendo que, según las revelaciones del Señor, la clave para encontrar al próximo Traductor se encontraba en los libros de la biblioteca.

Con el mismo sarcasmo con que ya antes había intentado detenerlo, le pregunté por qué Dios no era más específico. Me miró sin ira, aunque ahora ya con algo de impaciencia, y me respondió muy seriamente.

–Las revelaciones son como las traducciones. Desgraciadamente, nunca son exactas, son siempre interpretaciones, y hasta ahora, eso es lo único que hemos podido deducir de sus mensajes. El nuevo Traductor podrá, luego de su entrenamiento, entender las sutilezas que toda traducción implica, porque solo él lleva inscrita en su alma la palabra clave. Por eso es importante que lo encuentre: debemos instruirlo en los caminos de su identidad.

–Es cierto –me dije– Mateo es un hombre al que siempre he admirado por su caridad y sus conocimientos. No podía abandonarlo ahora. Tenía que ayudarlo en este trance. Fuese como fuese. Tal vez debería consultar algún médico. Podía ser algún tipo de depresión. Debería hablar con los otros hermanos samuelitas, tal vez ellos podrían convencerlo de que se viera con un médico. Sabía que para Mateo sería muy difícil aceptar una debilidad o algún tipo de ayuda.

Regresé a casa caminando. Quería despejarme un poco. El aire de la noche me sentaba bien. Seguí pensando en la conversación con Mateo. No podía creer que se prestara a ese tipo de fanatismos. Sabía que, aunque había sido un hombre de acción, también era algo idealista. Por ejemplo enseñaba que el estudio de lo bello nunca era inútil. En una ciudad como la nuestra eso sonaba ridículo y, sin embargo, solo alguien con ese tipo de creencia puede hacer florecer un jardín en medio del desierto. También sabía que su fe lo había llevado al estudio de los libros sagrados y al de los idiomas. No obstante, nada de lo que me había dicho esa noche parecía tener sentido. Su estudio de las lenguas nacía de un deseo de preservar uno de los grandes tesoros de la humanidad: los idiomas. «El siglo veinte había visto desaparecer unas veinte mil lenguas», había dicho alguna vez en la clase. Mateo me había explicado entonces que su estudio de las lenguas muertas venía de su deseo de estar en contacto con lo divino.

–Cada vez que un idioma desaparece, se pierde parte de nuestra capacidad de hablar con Dios –solía repetir.

Me parecía ahora que su explicación estaba, de alguna manera, conectada con lo que me acababa de ocurrir. Tal vez siempre había sido un fanático, aunque yo nunca había querido reconocerlo hasta ahora. Después, y ya en casa, pensé que intentaría volver a hablar con Mateo y hacerlo entrar en razón. Debería ver a un médico. Dejaría pasar unos días y, cuando mi propia sorpresa y malestar ya hubiesen pasado, intentaría persuadirlo de que viera a un especialista, un psiquiatra tal vez. Pero que buscara ayuda.

La historia oficial de Henoc (2)

Henoc se fundó después de la muerte de la literatura, la filosofía y el neohumanismo. Otras expresiones del pensamiento y el arte –la pintura, el dibujo, el cine– tampoco dieron en Henoc ningún fruto que valga la pena mencionar. La dedicación al quehacer intelectual o artístico, en general, se desaprobaba; en cierto modo, se asociaba con la debilidad de carácter. En un ambiente como ese era muy difícil que se desarrollaran grupos o estilos estéticos o hermenéuticos con suficiente madurez y continuidad para poder crear una tradición duradera que, en su conjunto, expresara el sentimiento de un momento o de una época. Una sociedad tan antiintelectual como la de Henoc, en general, no puede profundizar en un pensamiento artístico valioso. Es por eso que la mayoría de su población se dedicaba a la producción industrial o a entretenerse con las pantallas personales que les servían de escape.

El culto samuelita parecería chocar con el contexto cultural de Henoc. La creencia en un idioma divino que les permitía comunicarse con Dios los orientó hacia el estudio de los diferentes idiomas y, sobre todo, de las lenguas muertas. Sin embargo, se debe señalar que esta preocupación lingüística se debía al problema que supuso en Henoc la convivencia de grupos con diferentes idiomas y dialectos. La polarización de la ciudadanía estaba marcada por las diferencias lingüísticas que también marcaron la política y la economía de esta ciudad: los dirigentes empleaban el idioma franco. La burguesía, además de este idioma, también hablaba el de su lugar de origen. El primero lo empleaba en los espacios públicos y lugares de trabajo, y el segundo en sus hogares. Los hijos lo aprendían de ellos, como también aprendían dónde y cuándo podían emplearlo.

El idioma se transformó en motivo de fricción entre las diferentes clases sociales. La alta consideraba un segundo idioma innecesario. La media despreciaba a los sectores más desfavorecidos por haber perdido su lengua materna o, peor, haberla degradado a una mezcla rara entre todos los idiomas que se oían en sus barrios. En los vecindarios más pobres la contaminación lingüística había creado múltiples jergas que, fuera de los diversos guetos, casi nadie hablaba o podía entender. Esto, a su vez, hacía aún más difícil el ascenso social, ya que la deserción escolar era del sesenta y tres por ciento. El sistema educativo no pudo o no tuvo la voluntad de incluir esas diferencias lingüísticas, lo que creó un sentimiento de enajenamiento en la población estudiantil.

El conocimiento de las diversas lenguas estaba en la base de las creencias samuelitas, lo que los llevó a transformar esta ciencia en una metafísica con la que esperan un día poder comunicarse con Dios. Esa sería una de las grandes aportaciones del samuelismo al mundo: el rescatar miles de lenguas que se creían desaparecidas. En su mayoría eran lenguas orales. Los samuelitas tuvieron que crear un nuevo sistema de escritura para poder enseñarlas y trasmitirlas a las siguientes generaciones.[4] En este nuevo sistema de escritura mezclaron jeroglíficos con una escritura silábica para poder reproducir los sonidos al idioma escrito. Gracias a ello, los descendientes de aquellos pueblos pudieron recuperar parte de su legado cultural.

Sería faltar a la verdad no reconocer que todo ese movimiento nació no solo en consideración a pueblos ya desaparecidos por entonces, sino, y primeramente, en respuesta a la necesidad de gran parte de la población de Henoc de mantener o recuperar las lenguas de sus ancestros. Al ayudar a acrecentar esa riqueza cultural, los religiosos samuelitas cobraron, ante los ojos de la

---

4   Para un estudio pormenorizado del tema, véase Steve Ramos-Black, *Idioma nacional y clase en el siglo XXI* (Madrid, Editorial Petra, 2102).

población de esta ciudad, una relevancia que se podría describir como sencillamente legendaria.[5] Es en parte por eso que la biblioteca de la ciudad cobraría tal relevancia en el imaginario de la población.

---

5 Aquellos que estén interesados en saber más sobre la relación entre la lingüística y las creencias samuelitas pueden leer *La historia secreta de Henoc*, el libro sagrado de esta rama religiosa en la que se transcriben sus creencias y sus mitos.

La historia sagrada de Henoc (2)

Segundo libro: La fundación del samuelismo

Esta es la historia de nuestro clan, fundado para su Gloria y nuestra salvación. Él, Bendito sea, vio nuestro sufrimiento, nuestro dolor, y escuchó nuestras plegarias; y en su infinita misericordia, se apiadó de nosotros. El Bendito vio que nuestro temple se debilitaba. Henoc ganaba la batalla. Sus hijos se perdían y ganaba la Maldad.

El Bendito es los ojos del ciego. Su Majestad es nuestra Guía en las tinieblas. Disipa las sombras de los que se han entregado a la ira. Disipa la consternación de sus almas.

El Señor nos dio la luz de sus ojos como escudo para protegernos de Henoc. Su Gloria colma la Visión de esplendor y opaca el corazón de los codiciosos y malignos: los impuros que se entregan a la soberbia y la envidia.

El Bendito, para que no nos perdiéramos en los laberintos de Henoc, mandó a su mensajero, a uno de los Justos, al Traductor del idioma divino. Dios escucha al pueblo que gime. Dichosos aquellos que encuentran refugio en Él. El Señor cuida el sendero de los Justos. Nuestro Clamor se levanta hacia el Señor y Él nos escucha.

Invocamos su Nombre. Invocamos sus días en el desierto. El tiempo de aflicción llega a su fin. Ninguna infamia contra el Divino será perdonada. Su Gloria se manifestará en toda su Grandeza. Sus hijos tendremos que dar cuenta de todos nuestros pasos. Lejos quedará la iniquidad.

El Bendito es nuestro refugio. Él nos protege de los pérfidos. Sus Sentencias son como las raíces del roble, robustas y vigorosas. La estirpe de los malignos será exterminada, los justos poseerán la tierra, y alzaremos nuestras alabanzas al cielo.

Aquellos que escuchamos la nueva palabra nos salvaremos, aquellos cuyas almas están contagiadas del Mal se perderán; no podrán oír las palabras de su Señor y deambularán sin rumbo en el desierto. Sin su Agua se morirán de sed. Sin su Sabiduría se morirán de hambre de conocimiento.

Los justos moran en el desierto. En el desierto aprenden a conocer al Señor como fuente de vida y conocimiento. En el desierto los Vigilantes de lo Divino reconocen su función dentro del Plan Divino. En el desierto se rinden ante su Cólera y su Misericordia.

El eje de nuestras vidas es su Sabiduría. El eje de nuestras almas es su Amor. El Señor es el Gran Maestro. Nos enseña a esperar. Nos enseña el camino del Justo. Bendito el Justo porque él oirá y podrá ver la Palabra de su Señor. El Señor es misericordioso. Llamó a los escogidos en la noche; cuando dormimos nuestras almas están despiertas. En nuestros sueños las almas desean la Gloria Divina. Aun después y ya despiertos nuestros espíritus continúan buscándola. Viéndonos sedientos de la Misericordia de nuestro Señor, necesitados de su Sabiduría, el Bendito, en su enorme piedad, nos reclamó para la salvación. Aquellos que seguimos su Llamada creamos el samuelismo para su Gloria.

Los samuelitas, dedicados a la traducción del idioma de Dios, aprendimos su Lengua de la boca del viento. El Bendito nos enseñó y nosotros escuchamos sus Enseñanzas. Todos los signos de su Idioma son un conjunto de relaciones que solo los puros pueden definir; ya que sus signos no se ven, sino que se sienten. Como los sonidos en el oído, sus imágenes se perciben en el alma.

Todo el idioma parte de un concepto, de una sola palabra que cada ser puro lleva en su interior, aunque desconozca su significado. Siente esa primera palabra en cada uno de sus pensamientos.

El Puro vive para la palabra. Refina el oído de su alma y escucha en los signos de la naturaleza los códigos por los cuales se convoca la Voz.

Los signos con los que el Misericordioso nos anunció su llegada se presentaron en cada rincón de nuestra existencia: el alba se cubrió de estrellas y un eclipse cubrió el sol de la mañana.

Los habitantes de Henoc se admiraron. Sus corazones se afligieron. Sintieron miedo. No entendían las señales del Señor.

Un pueblo lleno de orgullo no se merece a su Señor. La ciudad de Henoc, engreída de sus propios actos, en su propio placer de ser, no escuchó las palabras del Bendito.

Sin embargo, aquel que se encarga de recibir las plegarias de los que sufren oyó sus palabras. Aquel que tiene el corazón abatido escuchó a los oprimidos y se llenó de piedad. El Traductor supo que el momento había llegado. Nuestro Señor lo llamaba para nuestra redención y la Gloria de nuestro Amo.

Por tantos días rogó el piadoso en el desierto como sufrió el pueblo de Dios en el exilio. Allí aprendió el idioma divino y encontró su propósito.

La autobiografía de Agustín

Allí vendrá el levita que no tiene parte ni herencia
como tú: el emigrante, el huérfano, la viuda de tu
ciudad, y comerá hasta saciarse. Así el Señor, tu
Dios, te bendecirá en todas tus empresas.

DEUTERONOMIO 14, 2

Mine is a world foregone though not yet ended.

HART CRANE

POR UN PAR DE SEMANAS, MATEO EVITÓ PASAR POR LA BIBLIOTECA.
Me mandó un mensaje con uno de sus discípulos. Quería que le
cuidase las plantas y las flores del jardín. Pensé ir a verlo al convento. Luego decidí que no, que era mejor no darle tanta importancia
a esos nuevos delirios. Me incomodaba esa nueva actitud de mi
maestro. No quería o no podía bregar con esa situación. Ya se le
pasaría, pensé. Quería creer que la edad le estaba afectando.

Sin embargo, transcurrida una semana, tras cerrar la biblioteca,
me encaminé directamente al convento: tenía que saber qué le
pasaba. Hubiese querido hablar con él sobre lo que le ocurría, a él
y ahora también a mí. Contarle mi deseo de regresar con Mildred.
Sabía que la relación había fallado por mi culpa. También creía que
podía recuperarla si cambiase, tendría que poner más de mi parte.
Escucharla. Volverme algo más sociable. Más optimista. Estaba
decidido a ser el hombre que Mildred necesitaba. A Mateo siempre
le había preocupado mi incapacidad de relacionarme con los otros
muchachos del orfelinato. Luego, con el fracaso de mi matrimonio,

temió que me volviese un huraño, un insociable que poco a poco se fuese amargando. Creyó que con Mildred encontraría alivio a esa soledad que habita en mí. Pero, con los años, mi matrimonio solo ahondó en ese sentimiento. Aun cuando hubo un tiempo en que fuimos felices, o eso me parecía. Ahora sé que busqué en ella la redención a mi soledad y no el descubrimiento de un nuevo sentimiento: el amor. Fue tal vez después de nuestro divorcio cuando me di cuenta de cuánto la quería. Pensaba todo esto mientras me decía que no iba a hablar con Mateo para solucionar mis problemas sino para ayudar a mi maestro. Era un egoísta. Siempre lo había sido. Debía hablar con los hermanos samuelitas. Tal vez ellos supieran lo que estaba ocurriendo con mi maestro. En lo alto de un promontorio se alza el convento. En una geografía como la de estos alrededores, donde el terreno es totalmente llano, parece querer imponerse sobre el resto de las construcciones. Desde allí se tiene una vista privilegiada de Henoc. Así también, desde cualquier lugar de la ciudad siempre se le divisa.

Llamé a la puerta. Me abrió el hermano Andrés, un monje casi ciego que, sin embargo, me reconoció al instante.

–Entra, entra, Agustín. ¡Qué alegría verte por aquí después de tanto tiempo!

–Gracias, Andrés. También yo me alegro mucho de verte, aunque, si te digo la verdad, venía porque necesito hablar con Mateo.

–Pues se acaba de ir. Lo llamaron de urgencia. Parece que una familia necesitaba su ayuda. No nos dio mucha información. Pero pasa. Cena con nosotros. Siempre es una alegría verte. Hace tanto tiempo que no venías a visitarnos. Los demás hermanos se alegrarán mucho también.

Acepté. Pensé que a lo mejor podría averiguar algo y hablar con el resto de los hermanos más libremente sin Mateo presente. Andrés era uno de sus más leales amigos del convento. Durante la cena me sentí muy bien charlando con ellos, pero no descubrí nada nuevo. Cada vez que quería llevar la charla hacia Mateo o hacia la biblioteca siempre alguno cambiaba la conversación. Me describieron muy detalladamente las últimas reformas que estaban haciendo en el convento, sus planes para hacer una nueva escuela. Aunque era obvio que no iba a sacarles ninguna información, me sentía muy a gusto con ellos. Algunos de los hermanos más jóvenes habían sido compañeros míos del orfelinato. Entonces los niños cenábamos una hora antes en la sala grande, y no aquí, en el comedor.

Me preguntaron varias veces sobre mi vida. Aunque yo insistí en que no había mucho que contar, parecía que no me creían. Luego continuaron describiendo las últimas renovaciones. Esas reformas les permitirían acoger a unos treinta niños más. Luego de que terminamos de cenar me ofrecieron quedarme esa noche. Se había hecho tarde. Insistieron. Mateo no volvería hasta mañana. Me podía quedar en su celda. Las calles, me recordaron, se volvían peligrosas a esas horas. Así que me quedé como me pidieron. Me sorprendió descubrir que la cama de mi maestro, aunque de colchón duro, era muy cómoda. Por fin le conocía un pequeño lujo. Mateo no llegó. Pasó la noche fuera del convento como ya me habían asegurado el resto de los hermanos samuelitas.

Como siempre, me encontré con Mateo en el jardín de la biblioteca. Yo, disgustado. Irritado. Intenté esconder mi ánimo, sin éxito. Sabía que la preocupación me ponía de mal humor.

–¿Dónde estuviste metido? No fuiste a dormir al convento.

–¿Ahora controlas mis entradas y salidas?

–Sabes muy bien que no, pero me preocupas. Últimamente no eres el mismo. Desde que regresaste del desierto, actúas de una manera extraña. ¿Me puedes explicar qué te pasa?

–Nada que puedas o quieras entender.

–Mira, Mateo, sé que a veces puedo ser algo intransigente. Pero si se trata de algo importante para ti, intentaré comprenderlo.

Se acercó y nos fuimos a sentar en la pérgola.

–Sabes que fui al desierto a rezar. A renovar mi fe. Oré por varios días. Al séptimo día se presentó ante mí. Se arrodilló y rezó conmigo. Luego, hablamos. Me hizo retomar nuestro propósito.

Los samuelitas siempre hemos sabido que la comunicación con lo divino es frágil. Allí, en el desierto, el espíritu de los anteriores traductores del viento me explicó mi misión. También me hizo recordar y regresar a nuestros principios, a la razón por la que nació nuestro credo. Desde entonces he estado investigando y he llegado a la conclusión de que la clave se encuentra en la biblioteca.

Mateo me confesó que, a diferencia de la historia oficial, ciertas cartas y documentos de los dirigentes samuelitas que se encontraban en el convento hablaban de la revelación que había producido el cisma. Estaba seguro de que los que fundaron el samuelismo sabían de la crisis espiritual que iba a producirse. Por eso buscó al último sobreviviente de los evangelistas. Yo lo escuchaba sin saber muy bien qué hacer. Sabía que debía ir al doctor, pero no me atrevía a decírselo. Sabía que no aceptaría hacerse ver por ningún médico. Lo oí con resignación. Sabía que mi viejo maestro nunca sería el mismo.

—Me imagino que te acuerdas del viejo Tobías —me dijo con una sonrisa.

Por supuesto. Cómo no me iba a acordar. Había muerto a los ciento dos años. No mucho después de mi llegada a Henoc. Mateo y yo lo visitábamos a menudo. Le llevábamos comida y lo ayudábamos con las tareas diarias que ya se le hacían difíciles. Era un mito en la ciudad. Se decía que había llegado con los primeros expatriados, que había salvado del hambre, de la sed y de la barbarie a cientos de niños y a muchos adultos y que había sido el primero en ver la luz y crear el samuelismo. Luego, y nunca supe la razón, lo acusaron de herejía y lo expulsaron de la religión que él mismo había iniciado.

—Como tú ya sabrás, él fue uno de los primeros evangelistas. Él, con un pequeño grupo de misioneros, había descubierto —por medio de, llámalo, si quieres, inspiración, o si prefieres, estudio de los libros sagrados— que el pacto entre la humanidad y lo divino estaba por llegar a su fin. Ese mensaje produjo, primero, una gran perturbación y, después, el descreimiento de una parte del sacerdocio: se negaron a creer que Dios podría abandonarlos. Eso produjo la crisis y luego el cisma.

–Fue Tobías –continuó– el fundador del samuelismo. El maestro Tobías creó nuestro credo para estar preparados y poder asistir al Traductor y nuevo firmante del pacto divino. Yo fui su discípulo. A través de los años, él me guió y me aconsejó. Sabía cuál sería nuestro destino. Los samuelitas, como bien sabes, pensaban que aquí, en Henoc, donde el primer criminal de la historia construyó su casa y tuvo su descendencia, encontrarían al que esperaban. Sin embargo, con el tiempo, ese primer dogma fue perdiendo fuerza y desatendimos nuestro designio.

Continuaba escuchándolo por respeto mientras intentaba pensar: «¿Qué se le podía responder a un padre que delira?» Mi contestación fue el silencio.

–Bajo tantas presiones sociales –continuó Mateo–, sus seguidores empezaron a olvidar sus obligaciones con Dios. Es por eso que expulsaron a Tobías de la orden. Él se había negado a suavizar sus dictámenes, a dejar de predicar sus creencias en cualquier momento y en cualquier ocasión. Su fe le dictaba la necesidad de propagar la sabiduría divina en el mundo. Él sabía que éramos los elegidos, los grandes traductores. Cuando ya se sintió demasiado viejo, Tobías me pidió que continuara su labor. Me aseguró que estaba destinado a ser el próximo Traductor y que un día tendría que encontrar a mi discípulo. Ese día comenzó a instruirme en todos los secretos de mi oficio. Continué su tarea durante los últimos quince años. Pero ahora ya es tiempo de que la lengua divina tenga su próximo Traductor.

Después de esa confesión, no supe qué pensar. Era la primera vez que lo oía hablar de su religión con tanta intensidad. Sabía que ya había tenido temporadas de grandes dudas, y también de fe y recogimiento. Varias veces, durante mi adolescencia, lo había acompañado hasta las puertas del desierto. Allí continuaba para orar varios días en la sabana y poder, de ese modo, reencontrarse con su Dios. Yo entonces lo dejaba con su sufrimiento. Intuía que a ese hombre lo abatía un profundo dolor. Y en ese momento pensé que se trataba de algo similar. No obstante, siempre quise creer que su fe nacía de una necesidad de redimir su crimen. Ahora entendía que no era así. A pesar de eso, quise seguir pensando que era algo pasajero, que ya se le pasaría, como tantas veces antes. No quise que me diera más explicaciones. La verdad, no quería oír ni saber más. Prefería continuar como estábamos hasta ahora. Decidí ignorar lo que me había contado.

Y eso hicimos. Todo volvió a su normalidad, por las próximas semanas, y me olvidé de esa conversación. Aquello, me dije a mí mismo, me era totalmente ajeno o, por lo menos, eso quise pensar entonces. No me afectaba ni tenía nada que ver con mi realidad o con mi relación con Mateo.

Así que él volvió a sus libros y a su jardín y yo a salvar la biblioteca de los indigentes y las pandillas. Almorzábamos juntos en la pérgola. Discutíamos sobre la política de Henoc. Le contaba los últimos programas que nos llegaban de fuera o recordábamos los viejos tiempos. Esa paz duraría un mes.

Era una tarde espléndida de finales de septiembre, los rayos de sol caían con cierta suavidad y la sombra de la arboleda del jardín nos protegía del calor. Mientras comíamos, vimos a una niña que cruzaba la calle corriendo. Se cayó, se levantó, le sangraban las rodillas. No parecían dolerle, sin embargo. Fue entonces cuando Mateo me reveló, por primera vez, una vida que nunca hubiese sospechado.

–Se parece tanto a Petra, mi hija.

–¡Tienes una hija!

–No, ya no. Esa niña me la recordó, se parece tanto. Debe de tener la edad que tenía Petra cuando murió: siete años. Mi mujer nunca se recuperó. Murió del corazón unos años más tarde.

Deseé poder decirle alguna palabra de consuelo, pero no se me ocurrió ninguna. Creo que la sorpresa me dejó sin palabras. Nunca me había imaginado que mi maestro hubiera tenido otra familia más que los niños del orfelinato.

–Desde entonces –me dijo–, me invade una tristeza interior que me acompañará por el resto de mis días –los ojos se le enrojecieron un poco–. Fue unos meses más tardes cuando Dios me llamó para que habitara en el desierto. Escuché su llamada con la resignación del que ya ha sufrido tanto que la soledad le llega como un bálsamo.

Me sorprendió mi propia reacción a su confesión. Pensé que probablemente su creencia lo había salvado del dolor de aquella pérdida. Creí entender su necesidad de aferrarse a una fe. Eso, pensé, explicaba lo que le ocurría. Con la edad habría vuelto el recuerdo de su hija, y el dolor que le traía ese recuerdo lo trastornaba. La fe calmaría un poco esa tristeza.

–Isabel nunca me perdonó.

–¿Por qué? ¿Qué pasó?

–Lo busqué por meses hasta que lo encontré. No sentí ningún remordimiento. Maté al violador y asesino de mi hija con cierto gozo. Luego me entregué a la policía. Mi esposa se quedó totalmente sola con su dolor. A veces pienso que fue por eso por lo que el destino me llevó aquella noche hasta la calle Saint Nicholas donde te encontré. Tal vez tú seas mi perdón, Agustín. Contigo pude ser un buen padre. Te protegí como no pude hacerlo con mi niña.

Nos quedamos callados, acompañándonos en el silencio. Después de cerrar, caminamos juntos un rato. Siempre me ha costado saber qué decir ante una situación emocionalmente difícil. Mateo respetó mi silencio. Me detuve un poco antes, en la calle La Paz, para seguir hacia mi casa. Vi a Mateo subir la pendiente que lleva hasta los muros que rodean el convento. Me pareció que leía el contexto social de Henoc con el mismo desconcierto que un extranjero recién llegado lee el idioma de su nuevo país. Y, no obstante, era uno de los pocos seres humanos que se preocupaba e intentaba ayudar a los habitantes de esta ciudad. Sabía, sin embargo, que su mirada nunca se reconciliaría con la sociedad o el paisaje de Henoc. Lo vi abrir el gran portón y desaparecer tras él. Proseguí hacia mi casa. La tristeza y el cansancio se habían apoderado de mí, o tal vez fuese el hastío de estar viviendo una realidad que no me pertenecía.

Dos días más tarde, Tomás se coló por la valla del jardín. Estábamos comiendo. Probablemente fue eso lo que lo atrajo: el olor a comida. Hablábamos del tiempo. Con la llegada de Tomás, la conversación cambió de rumbo. Se acercó. Mateo le dio algo de su plato. Yo sabía que tenía debilidad por los perros. De niño había tenido un Golden Retriever al que había querido mucho.

–Pues ahora sí que estás listo. No se volverá a apartar de tu lado. Los perros son ilegales. Tenemos que matarlo o llamar a las autoridades –dije, mientras Mateo lo acariciaba. Para mi sorpresa, me respondió que no le molestaría tener una compañía, y me preguntó:

–Agustín, ¿cómo crees que deberíamos llamarlo?

–¿Me lo preguntas a mí? ¡Es tu perro! ¿No crees que tú deberías ponerle el nombre que más te guste? –le respondí riendo.

–¿No te parece que sería una buena mascota?

–¡Ah, no! A mí no me metas en este lío. Si dejo entrar a este, tendré que dejar entrar a otros, y la biblioteca se convertirá en una perrera –por eso, pensé, las autoridades tenían razón en prohibir las mascotas. En Henoc la gente es muy irresponsable y no sabe cuidar a sus animales.

–Siempre tan práctico. Tal vez no podamos salvar más que a este. ¿Por qué no hacerlo?

–Y si con el siguiente que se nos acerque nos preguntamos lo mismo, ¿qué pasará entonces? –insistí.

–Bueno, ya nos preocuparemos de ese hipotético perro cuando sea real; mientras tanto, Tomás se queda con nosotros. ¿Qué te parece?

Como si supiera que su vida dependiera de ello, Tomás me miró con unos ojos que inspirarían compasión al mismo Satanás.

Desde entonces, Tomás se transformaría en nuestra sombra, se recostaría al lado de mi maestro o junto a mi escritorio hasta la hora de cerrar y, como si entendiera el reloj, unos minutos antes de que tuviéramos que irnos se pondría al lado de la salida como si quisiera despedirnos. Y allí lo volveríamos a encontrar al día siguiente, recostado frente a la puerta.

No llegaron más perros, como me temía. Pero al tiempo llegó Malik, como sabríamos más tarde que se llamaba aquella niña que tanto le había llamado la atención a Mateo por parecerse a su hija. Supimos luego que era la nieta de una de las vecinas. Se coló del mismo modo que ya lo había hecho Tomás unos días antes, por el agujero de la verja del jardín que yo aún no había arreglado. Me prometí arreglarlo enseguida. Malik había visto a Tomás y vino detrás de él.

Tenía la tez muy oscura y unos ojos verdes llenos de vida; y un rostro de rasgos armoniosos que revelaban los varios mestizajes de sus antepasados. Malik era de una hermosura que ya predecía la belleza de la mujer que llegaría a ser algún día. Su aspecto –despeinada, con un vestidito estampado lleno de manchas y los pies desnudos–, delataba la pobreza y la necesidad en la que vivían ella y su abuela, el único familiar que le quedaba, como descubriríamos luego.

Mateo se le acercó mientras Malik acariciaba a Tomás, que se dejaba hacer como si se tratara de una complicidad entre huérfanos.

–Oye, ¿y tú por qué no estás en clase a esta hora? –le preguntó.

–Yo no voy a la escuela. Mi abuela dice que, total, para qué, si alguien como yo no necesita aprender mucho.

Mateo hizo un gesto de desaprobación. También me pareció notar un destello de ira en sus ojos. Luego, la tomó de la mano y le preguntó si quería leer algunos cuentos, mientras se la llevaba adentro. Ella pareció no entender. Mateo, sin embargo, hizo caso omiso a la perplejidad de la niña. Luego de buscar un poco entre las estanterías, saco un libro de cuentos infantiles y se fueron a una de las mesas. Allí la sentó y comenzó a leerle *Hansel y Gretel*.

A diferencia de lo que yo creí que pasaría, Malik se acurrucó en su silla y lo escuchó atentamente. Parecía necesitar la atención y quién sabe si ese mínimo de cariño que Mateo prodigaba con cada uno de sus gestos, y ahora aún más con ella. En un lugar como este, en el que los más pequeños actos de amabilidad adquieren una relevancia enorme, Mateo se ganó rápidamente el cariño de la niña. Luego Malik también se ganaría el mío, aunque por entonces aún no lo sabía. En ese momento estaba más preocupado de que aquella niña que tanto se parecía a Petra perturbara a Mateo y le trajera recuerdos dolorosos. Pero no fue así.

Rápidamente se estableció una gran intimidad entre ellos dos y, aunque me cuesta reconocerlo, no puedo negar que los envidiara un poco. Después de aquel día, Malik regresaría todas las mañana sobre la hora de almorzar. Luego, cuando ya los tres habíamos terminado de comer, Mateo le leía algún cuento y le enseñaba las letras, que Malik aprendía poco a poco. Después, mientras Mateo seguía con sus estudios, Malik practicaba las letras en un pequeño cuaderno que le habíamos regalado.

No había pasado una semana de ese primer encuentro cuando una mujer bajita, regordeta, maquillada con coloretes de distintos matices, los ojos pintados con una gruesa raya negra, el rímel algo corrido y los labios de un rojo demasiado intenso para su edad, llegó a la biblioteca buscando a Malik. Tenía la cara redonda y la papada le colgaba de tal manera que aún hacía más grotesco el rostro pintarrajeado. No me gustó nada. Desde un principio fue muy obvio que no la traía aquí el bien de la niña, sino lo que ella creía que iba a poder sacar de la situación.

Se nos acercó y, aunque era pleno día, pudimos oler el alcohol en su aliento. El modo en que iba maquillada y vestida delataba cuál había sido su profesión. Parecía malhumorada, aunque enseguida tuve la sospecha de que ese era más bien su estado de ánimo permanente. La invitamos a comer con nosotros. Eso la calmó. Terminó comiéndose nuestra ensalada y parte de los bistecs que habíamos preparado para nosotros y la niña. Mientras comía como si no lo hubiera hecho en años, nos contó cómo se había hecho cargo de su nieta cuando su hija desapareció un día sin volverse a saber de ella. Ella era el único familiar que le quedaba a Malik y, aunque no tenía mucho, decidió quedarse con la niña. Vivían en uno de los edificios de la calle Saint Marks, no muy lejos de la biblioteca. Nos contó que se había preocupado cuando no había visto a Malik esa mañana. Nos recordó que cada año aumenta la cantidad de niños que desaparecen sin dejar rastro. Por lo general, nos aseguró, nunca dejaba que Malik se alejara mucho. Pero ese día se había quedado dormida y, como se ve, la niña había salido de la casa sin ella haberlo notado. No le dijimos que hacía ya una semana que Malik se pasaba los días enteros con nosotros. Parece (o al menos eso nos dijo) que se llevó un gran susto al despertar y no verla. La buscó por todo el barrio hasta que finalmente algún vecino le dijo que llevaba unos días viéndola en el jardín de la biblioteca. Le aseguramos que no tenía nada que temer, que aquí la niña estaba segura.

Mateo aprovechó para comentarle que Malik era muy inteligente y que le parecía una pena que no la mandara a la escuela. La mujer se puso a la defensiva, pero cuando creyó que entendíamos sus razones (algo que balbuceó sobre que la escuela quedaba muy lejos y que no tenía tiempo) se calmó. Nos pidió algo de beber y le traje un vaso de agua. Lo miró con cierto desprecio. Me hizo pensar que yo no le había entendido bien, aunque no dijo nada hasta después de bebérselo.

–Bueno, será mejor que me vaya a casa a dormir una siesta, antes de que me agarre una insolación –dijo después de terminar de comer.

Le aseguramos que Malik podría venir cuando quisiera. Que no representaba para nosotros ningún problema. Aquí estaría segura jugando con Tomás, al que ya le había tomado un gran cariño. Mateo y yo la protegeríamos. Me ofrecí a ir a buscarla a la casa para que no anduviera sola por ese barrio. Pero la vieja arremetió por el lado más retorcido.

–Le gusta mucho la niña, ¿no? Malik es una verdadera belleza. Es una joya, ¿no? Lo supe en cuanto su madre dio a luz –su mirada de malicia y sospecha me molestó muchísimo. Sentí que la ira me invadía el cuerpo y le iba a responder de malas maneras cuando Mateo interrumpió. Se había dado cuenta de mi malestar y que estaba por perder los estribos con aquella mujer.

–Malik es una niña muy simpática que ha traído algo de alegría a dos estudiosos aburridos que no saben qué hacer con su tiempo.

Mateo se echó reír y siguió diciendo que nos divertía un poco verla allí. Le aseguró que siempre guardaríamos algo de comida para que Malik se la llevara a casa por las tardes. La abuela asintió satisfecha. Nos despedimos de ella asegurándole que no tenía nada que temer. No volveríamos a verla hasta aquella tarde fatal.

Después de ese encuentro, creo que tanto Mateo como yo temimos por el futuro de Malik, algo que de algún modo nos llevó a encariñarnos aún más con ella. Desde ese día, yo iría a buscarla a su casa un poco antes del almuerzo y volvería a llevarla después de cerrar. Sabíamos que, muy probablemente, esta fuera la primera vez que Malik comía regularmente. Cuando terminábamos de almorzar, Mateo le leía algún cuento y le enseñaba algunas palabras nuevas antes de llevarla a dormir una siesta en el sofá de mi oficina.

Así fue como alguien como yo, guardián de libros, huraño y solitario, llegó a encontrarse, en unas semanas, diariamente acompañado de un viejo, una niña y un perro. La verdad, no me molestaba. Al contrario. He de confesar que, a diferencia de lo que habría pensado unos meses antes, algo de todo ello me agradaba.

La historia oficial de Henoc (3)

Henoc era sus barrios. Desde el punto de vista de la unidad social, sus vecindarios regían la cotidianidad. Debido a la jerarquización cultural y racial que existía entre ellos, la ciudad quedó sometida a las terribles luchas por la hegemonía entre los diversos vecindarios. Esto caracterizaría los últimos años de la historia de Henoc.

Tan rigurosos como pudiesen ser los esfuerzos del análisis, la fisonomía cultural de la primera época de Henoc –cuando aún era un campo de refugiados para inmigrantes ilegales– será siempre imprecisa. Sin embargo, una de las características que la marcaron desde sus orígenes fue la incapacidad de sobreponerse a la energía de los grupos culturales que se enfrentaron desde entonces.

En un principio, la agrupación de la población en barrios específicos, que acogían a gente de una misma nacionalidad, raza, cultura o idioma, tuvo sus razones lógicas y necesarias: estos vecindarios funcionaban como apoyo para los nuevos residentes. Los que llevaban más tiempo en la ciudad le daban al recién llegado trabajo en sus pequeños negocios o en sus casas, los asesoraban para conseguir ciertas ayudas sociales o para meter a los niños en las escuelas que le correspondían. Con el paso del tiempo los descendientes de los primeros exiliados ya no iban sintiendo ninguna alianza cultural con el lugar de origen ni con los inmigrantes que iban llegando. Estos últimos no tenían a nadie que les ayudase a comprender los nuevos códigos, lo cual hizo su inserción social mucho más difícil. Este fue el primer indicio de que los hijos y luego los nietos de los primeros que arribaron no tenían señas de identidad muy sólidas.

Enfrentados por sus diferencias, cada barrio alegaba mayor derecho y mayor autoridad que el otro, lanzándose en pequeñas batallas por el poder. Así se constituyeron nuevas fronteras, delimitando los vecindarios según su mayoría étnica. Cada grupo se constituyó sobre un área específica, por lo general aquella que ya había podido ocupar al llegar a la ciudad. En la última época el crimen organizado, especialmente los carteles de la droga, impuso en muchos barrios su ley. Las pequeñas bandas y pandillas fueron convirtiéndose en clanes familiares y organizaciones criminales que luego, una o dos generaciones más tarde, predominarían y controlarían los diversos barrios marginales y se transformarían, en muchos lugares, en poderes de facto. La polarización de los ciudadanos, que se habían dividido en campos enfrentados por el odio, encontraba alivio en los juicios públicos.

Ninguna de las medidas que adoptaron los ediles evitó que se desarrollaran el localismo y los guetos, lo que concluiría en la división y confrontación de los diferentes barrios de Henoc.

En algunas ocasiones, las fricciones entre los diversos estratos sociales y sus respectivos barrios terminaron en pequeños levantamientos callejeros que, a veces, dejaron varios muertos. Aproximadamente unos diez años después de las revueltas callejeras del año 2165, el consejo aprobó ciertas ayudas sociales, en un intento de reducir ese tipo de conflictos. Sin embargo, dichas medidas no fueron totalmente exitosas. La falta de trabajo, los pocos recursos y las pocas iniciativas culturales provocaron, poco a poco, un sentimiento de desesperanza en la población de Henoc.

Todo esto condujo a que la población de los barrios más marginales se aislara y se encerrara en sí misma. El apoyo interno cesó y la distancia cultural entre los que habían llegado del país de origen y los nacidos en Henoc se agrandó.

De esta última época data el comienzo de los juicios públicos que se llevaban a cabo en los coliseos. Revestidos de un carácter de espectáculo, eran muy ceremoniosos. Toda la población podía participar, directa o indirectamente, lo que creaba entre la población una sensación de falso control sobre sus vidas.

Prestar atención a los marcos de la cultura es parte del compromiso con la compleja realidad que nos rodea. Sin embargo, la falta de una expresión artística en Henoc representa el vacío cultural y espiritual en que se vivía, lo cual no significa que no existiera en Henoc alguna manifestación artística de relevancia local. Por el contrario, la producción creativa dentro de una franja de medianía formal y conceptual fue parte de las características más evidentes de una sociedad en lucha con su pasado. Aun así, o precisamente por eso, nunca se llegó a desarrollar una expresión artística que se pudiera llamar propia de Henoc. Arte y entretenimiento se volvieron sinónimos y esto fue un obstáculo para el desarrollo artístico.

En general, las artes no aportaron mayores cambios en Henoc. Toda esa semicultura no logró nunca ninguna expresión genuina, nueva o auténtica. Se ha especulado que la destrucción de Henoc nunca hubiese ocurrido si se hubiesen desarrollado ciertas áreas del arte. La falta de una propuesta estética, de un pensamiento crítico y de una perspectiva alternativa fueron, sin duda, factores determinantes de su decadencia.

La historia sagrada de Henoc (3)

Tercer libro: Mateo, el profeta

El más antiguo del Clan de los Justos moraba en el desierto; vivía para la Gloria de su Señor, actuaba desde su Palabra; hablaba desde su Nombre, recordaba desde su Memoria y era testigo del Verbo.

Nos fue revelado que el idioma del viento mantiene en equilibrio el espacio y el tiempo. El pacto que Dios había hecho, primero con Noé, luego con Moisés y, por último, con Abraham, se firmó primero en el idioma de la tormenta, luego en el del viento y, por último, en el de la brisa. El lenguaje del viento se borraba y, así como iba perdiendo su fuerza acústica, iban apareciendo en el desierto signos borrosos para que el Maestro los leyese. Así como desaparecía un signo desaparecía uno de los miembros del Clan de los Justos. Cada vez nos acercábamos más al final del pacto divino.

El Bendito, nuestro Señor, nos dejó saber que en los entresijos de Su Lenguaje se encuentra el misterio.

El profeta, único portador de los secretos de un idioma basado en los silbos del viento, pertenece a una cultura que vive su vida diaria fuera de la realidad.

El Traductor del Viento basa su lectura en la interpretación del suave aleteo de los pájaros: «Su volar es la escritura del lenguaje divino en los cielos» (*El libro de la sabiduría divina*, 24). Este lenguaje de onomatopeyas es anterior a Babel y al Diluvio. Y está escrito a la manera de la naturaleza. En el alma de cada uno de los

Justos están grabados los fonemas que han absorbido los significantes del mundo, y es así como puede interpretar el idioma divino.

El profeta podía leer este idioma pues vivía en las fronteras de la historia. Vino a enseñarnos el secreto lenguaje de Dios: la clave de la redención.

El Piadoso, el Traductor del Viento, el que lloró con Dios, el que intercedió por nosotros, supo que así como hay un lazo secreto entre la fundación del mundo y la sabiduría, la pérdida de esta marca nuestro fin.

El Maestro, el viejo Traductor, rogó por claridad de espíritu. Rogó para que la luz llenara de plenitud su pensamiento. Rogó, como Salomón, por su pueblo, tal como Salomón pidió por Israel, «Perdona el pecado de tu pueblo y vuélvelo a la tierra que les diste a ellos y a su padre» (ruego de *Salomón, Segundas crónicas* 6, 1ª), Mateo pidió por Henoc, «Perdona los pecados de Henoc y permite que su pueblo regrese a sus orígenes».

Acudió a Dios. Dios lo vio y lo salvó de todos los males. Lo libró de su dolor.

El Traductor es parte del enigma por el cual se sostiene el mundo. El Traductor se apiadó de nosotros. Rezó siete días y siete noches en el desierto. Rogó por nosotros y se dolió de nuestros pecados. Apeló a la misericordia divina.

Dios no lo escuchó.

El Traductor continuó rezando otros siete días y siete noches. No comió ni bebió. Dios vio el dolor en su corazón, sintió la sinceridad de sus sentimientos y sufrió con él. Dios escuchó entonces sus plegarias, entró en su interior, sintió la pureza de su alma y sufrió con él. Dios se emocionó con sus lágrimas y se compadeció de nosotros.

Dios lloró con él.

El Traductor continuó sus plegarias en el desierto, no comió ni bebió, su cuerpo desfallecía. Conoció entonces su destino: El Bendito, todo Misericordia, le habló, y el Traductor escuchó la revelación.

El Traductor contuvo el sollozo en el corazón. El Bendito le mostró el sendero a seguir para nuestro perdón. «Allí donde vive un pueblo aparte, que no se encuentra entre las naciones, está la clave de la salvación» *(Libro segundo de las claves divinas, IX)*. Guiado por el Señor, el Traductor tomó el camino que lo llevaría a Henoc.

El profeta regresó a Henoc para encontrar la clave de la redención.

La autobiografía de Agustín

Solo el que combate la oscuridad en su interior
tendrá mañana un lugar propio en el Sol.

ODYSSEAS ELYTIS

Hace a los vientos sus mensajeros, y a las
llamas de fuego sus ministros.

EL LIBRO DE LA CLARIDAD, XXI

ASÍ SEGUIMOS POR UN TIEMPO. Mateo llegaba por la mañana, se sentaba siempre en la misma mesa, se pasaba horas leyendo y tomando notas que luego parecía estudiar. Después, ya por la tarde, se sentaba con Malik, le leía algún cuento o le ayudaba a escribir las letras que ella iba aprendiendo y, luego, mientras Malik dormía la siesta, cuidaba un rato el jardín. Tomás se echaba a sus pies.

Me despreocupé un poco. Debí saber que en él los arrebatos de fe no serían iguales al de los fanáticos que, a lo largo de los años, había tenido que echar de la biblioteca. En él los trastornos serían diferentes. Por eso debí estar más alerta, fijarme en sus pequeños cambios de comportamiento. Pero no fue así. Mateo no me volvió a hablar de su estancia en el desierto y yo tampoco volví a preguntarle. Quise suponer entonces que había sido una crisis, que ya se le había pasado. Tal vez el dolor de la muerte de su familia había regresado y lo había desequilibrado un poco. Todo parecía volver poco a poco a la normalidad.

Por las tardes, Mateo reservaba un rato para enseñarle a Malik a leer. Yo la iba a buscar a la hora del almuerzo y no volvía a llevarla a su casa hasta que cerrábamos. Malik jugaba con Tomás, se entretenía practicando las letras o dibujando en su pequeño cuaderno, o dormía la siesta en el sofá de mi oficina. Tomás aprovechaba entonces para romper mi prohibición de no entrar a mi despacho y se recostaba en el suelo a lo largo del sofá. Supo muy rápido que Malik se había vuelto la dueña y señora del lugar. La primera vez que los vi allí a los dos, recostados, entendí un poco el anhelo de Mildred por un hijo.

De este modo, poco a poco, me fui encariñando con ella. Cierto tiempo después, como su abuela no la bañaba muy a menudo, decidí llevarla a mi casa para darle un buen baño. Reconozco que soy algo puritano y me daba pudor hacerlo yo solo, así que cuando llegué a mi apartamento llamé a Mildred. Ella se sorprendió muchísimo. No podía creer que yo, que me había negado durante todo nuestro matrimonio a tener hijos, ahora estuviese cuidando de una niña que no era mía.

–Pues mira qué bien, no crías hijos tuyos, pero sí los del vecino. Eso nunca lo entenderé –me dijo, con algo de resentimiento, mientras entraba y dejaba el bolso en el sillón.

–Mildred, no te lo tomes a mal. Esto no tiene nada que ver con lo nuestro.

–Claro que sí. Sigues igual que siempre. Te encantará hacer de papá, siempre y cuando se la puedas devolver a su abuela en cuanto surja el primer problema. Lo peor es que desaparecerás cuando sientas miedo de la responsabilidad. Algo parecido a nuestra relación actual.

–No tiene nada que ver, pero ¿vas ayudarme o no?

–Claro que sí, me conoces y sabes que no me negaré. Me sentiría culpable, como siempre. Dejar a una pobre cría a tu cuidado, por supuesto que no. ¿Dónde está?

No le di importancia a su último comentario. Mildred me mandó ir a comprar algunos juguetes. Fue una buena idea. Descubrí que a Malik no le gustaba nada el agua. Mi bañera se llenó de patitos, perritos y barquitos para que no protestara mucho. Igual no lo conseguimos. Que se le metía jabón en los ojos. Que el agua estaba fría o estaba muy caliente. Que quería que Mildred le pasara el champú por el cabello y no yo. Y así con una enorme paciencia conseguíamos bañarla, para luego darle de cenar y ponerla a dormir. A la abuela no le importaba mucho que se quedara conmigo mientras le lleváramos luego algo de dinero y comida. Así que esa se volvió la rutina del lunes. Mildred, en esas ocasiones, se quedaba a pasar la noche en casa. Decía que la niña necesitaba un adulto responsable cerca. Yo sabía que esa era la nueva excusa para quedarse conmigo.

Unos días antes de las semanas de Purificación y Penitencia o las dos semanas de la Gran Estrella del Norte, Mateo parecía cansado, incluso abatido. Mostraba una actitud aturdida a la vez que atormentada. Tal vez porque me preocupé, o quizás porque mi curiosidad fue mayor que mi sensatez, le pregunté qué le ocurría.

—Si te lo dijera, me tomarías por un loco. Pero bueno, eso ya no es lo más importante. Necesito que me ayudes. Quiero revisar los libros que están en el sótano.

—¿Para qué?

—No sé, creo que el arquitecto que remodeló el antiguo templo para transformarlo en biblioteca diseñó los planos en base a una consigna. Todo el diseño del primer piso indica que debemos revisar el sótano en busca de la clave.

No contesté. Algo perplejo pensé que no le podía hacer mucho daño mostrársela, aunque me parece que fue mi curiosidad lo que superó mi sentido común. ¡Al fin y al cabo, yo había bajado tantas veces! Había ido allí, sabía muy bien que las leyendas sobre aquel lugar eran tan falsas como el resto de las que se contaban en la ciudad. Allí no había nada especial: algunos libros que nadie consultaba. Tampoco encontré ninguno que valiera la pena volver a poner en circulación.

—¿Nunca te has preguntado si, en vez de leer tantos libros, no habría que empezar por leer la biblioteca? —creo que vio mi expresión de desconcierto y se explicó.

–El modo en que se diseñó fue para que se leyera, no solo para que la habitáramos y la miráramos sin entender nada de ella.

–No lo entiendo, ¿qué quieres decir?

–¿No te has fijado en que más que una biblioteca parece una fortaleza?

–Sí, pero siempre supuse que se debía a que eso era lo que había sido en sus primeros tiempos.

–Sí, tal vez –me respondió, sin ninguna convicción–, pero todos los caminos de Henoc –siguió diciendo, y parecía hablar consigo mismo y no conmigo, algo que me incomodó un poco– vienen a dar a esta plaza cuyo edificio central es la biblioteca. Mira, tiene cuatro grandes ventanales orientados hacia los cuatro puntos cardinales. Si te fijas bien en sus marcos, encontrarás los signos de los cuatro elementos: la que da al sur tiene el signo del fuego, la del norte el del aire, la del este el del agua y la del oeste el de la tierra.

De tanto verlos había olvidado todas aquellas pequeñas extrañezas que en los primeros días me habían llamado tanto la atención y que luego la rutina borró de mi mirada. Tuve que observar la biblioteca con ojos de recién llegado para volver a percibir todo lo que me señalaba Mateo. Mientras caminábamos por los pasillos, él continuaba mostrándome las singularidades del edificio. Pensé que sería mejor acompañarlo, no debía dejarlo solo.

–Desde cada punto cardinal se descubre una nueva forma. Así también es como se debe leer el idioma del viento.

Mateo siguió señalando otras partes del edificio.

–Las treinta y dos columnas del primer piso, que corren paralelas a los siete pilares centrales, crean la nave que llega hasta la puerta de la escalera que va al sótano. Fíjate en los capiteles festoneados. Allí se encuentran escritos los diez números virtuales que corresponden a los diez infinitos. Así es como el gran maestro Isaac, el ciego, nos dice que las treinta y dos vías de la sabiduría confluyen en los siete pilares de la justicia. Allí es donde se encuentran las primeras señales que debemos seguir.

Continuamos el recorrido por la nave, estudiando las hileras de estantes y los tapices de las paredes con inscripciones que Mateo interpretaba para mí:

–Mira eso, el dibujo de ese vitral a tu derecha. Ahí aparecen las llamas, que emanan desde la punta de la letra la B. El fuego, nos enseñan los libros sagrados, significa la pasión de Dios, que, unido a la letra B, representa el perdón divino que nos llevará a su Pasión. Si te fijas un poco más allá, se ve un lago. Esas aguas que aparecen a su alrededor simbolizan el río de la bondad con que el Misericordioso calma nuestros espíritus.

Mateo volvió a señalar otro de los vitrales. Yo me dejaba llevar por sus interpretaciones.

–Ahí se ven unos rayos de luz sobre la Yod –y señaló hacia la izquierda–. Es el punto oculto sobre la luz del sol que representa la sabiduría divina. Fíjate en que la base coincide casi exactamente con la viga superior de la portezuela que lleva al sótano.

Miré, intentando leer todos esos dibujos, como él deseaba. Por supuesto que no lo conseguí. Lo que iba descubriendo, en cambio, era el placer que me daba ir mirando aquella belleza escondida entre tanto abandono.

–Estoy seguro de que la expansión de la biblioteca fue también un intento, por parte de alguno de los arquitectos, de dejar un mapa que pudiese darnos algún indicio. Sabía que la crisis se acercaba. Por eso trató de comunicarse con el próximo Traductor. Quería avisarme. Tal vez supiera algo que aún nosotros no hemos descubierto. La sabiduría popular siempre habló de un plano secreto. Nadie se imaginó que eso mismo era la biblioteca.

A la entrada del sótano, Mateo tradujo del hebreo la inscripción grabada en el marco de la puerta: «Todos los tesoros del rey supremo están encerrados en una sola clave». Tiene que estar aquí, dijo. Me pidió otra vez que la abriera. Por un momento pensé en negarme. Pero nunca le había negado nada a mi maestro, y tampoco pude en ese momento.

Estaba demasiado oscuro, así que decidí ir a mi oficina a buscar una linterna. Malik dormía en el sofá, con Tomás extendido a su lado. Me enterneció verla allí. Intenté no hacer ruido para no despertarla. Después regresé y seguimos por esas escaleras estrechas. Llegamos hasta el final y, aun con la linterna, tuvimos que acostumbrarnos a esa oscuridad tan profunda. A pesar de eso, pudimos ver las puertas que dividen el sótano en varias recámaras. Nada había cambiado. La última vez que estuve allí, le había sacudido un poco el polvo a los libros, pero, como siempre, después de un par de años volvía estar en el mismo estado.

Vimos las paredes de la primera recámara recubiertas con unos estantes vacíos. Avisé a Mateo de que en las siguientes vería lo mismo, excepto por la última sala, en la que había algunos volúmenes. Los saqueos a los que había sido sometida la biblioteca en los primeros años de la repoblación de Henoc también habían afectado a esta área. Robaron muchos de los volúmenes y destrozaron sus salas.

Continuamos por las diversas habitaciones sin ver mucho más. Tomamos otra vez el pasillo hasta la última recámara. Una vez allí, se dirigió a las vitrinas que se encontraban frente a nosotros. Mateo sacó tres libros: *La metamorfosis, Las olas* y *El hombre invisible*. Su semblante se avivó. Con esos libros en sus manos se dirigió al primer piso.

Una vez arriba, regresó a su mesa. Abrió el último y lo revisó. Pude ver que había anotaciones en algunas de sus hojas. Entonces volvió a ciertas páginas de los otros dos libros, donde encontró ciertos símbolos, también en los márgenes. Los fue leyendo con dificultad. Advertí que, como siempre, movía las manos lentamente mientras intentaba descifrar aquellos signos.

Tengo que reconocer que sentí curiosidad. Me senté a su lado. Todo aquello, aunque me parecía un sinsentido, me intrigaba. Mateo se alegró de verme interesado. Comenzó a explicarme.

—El idioma del viento —me dijo— es muy simple. El problema no es su sintaxis ni su léxico, sino su capacidad de transformación:

cambia con cada generación. El carácter de contingencia o eventualidad se debe a que es un idioma arcaico, anterior al de Babel, anterior a la humanidad. Mezcla ideogramas con el alfabeto silábico. A diferencia del resto de las lenguas se tiene que entender por analogía. Por analogía, y no por la arbitrariedad del signo. Esa es la razón por la que el idioma del viento se comprende en su totalidad o no se comprende en absoluto. Así, no se deben leer las letras y las palabras, sino las correspondencias que estas representan. Sus estructuras deben dar cuenta de la índole de la identidad de lo que se está tratando. Por eso el próximo Traductor tiene que volver a reconstruir su forma. Solo así tendrá el poder espiritual para reproducir sus correspondencias.

–¿Pero por qué escogiste estos libros y no otros? –le pregunté.

–La verdad, no estaba muy seguro –me respondió–. Sus títulos me indicaron las etapas que el discípulo tiene que atravesar para transformarse en el Traductor. Primero se transforma –y señaló el título de *La metamorfosis*–; luego escucha el rumor del viento como una ola interior –y me mostró el libro *Las olas*–; y, por fin, se vuelve invisible para la gran mayoría de la humanidad –miré la última obra que había escogido, *El hombre invisible*, y comprendí su lógica–. Solo entonces, cuando se vuelve invisible, cuando ya no existe para la mirada del mundo, el Traductor puede llevar a cabo su tarea.

Mateo continuó explicándome que la estructura básica del lenguaje del viento se comopone de cinco vertientes, que corresponden al agua, al aire, al fuego, a la tierra y al éter y que, a su vez, coinciden con cinco vocales fuertes y cinco débiles.

–Sabemos también que en este idioma no existen los pronombres singulares, solo los plurales, ya que esta lengua no entiende de individuos, sino de grupos y conjuntos. Esas formas básicas nunca cambian. Solo existen tres consonantes –siguió–, y su asociación con las vocales se manifiesta en el pensamiento del Traductor para confirmar las palabras mediante las cuales se sostienen las diez emociones divinas de la nueva generación. De este modo se riega el jardín que posee cada ser en su interior y se mantiene el lazo secreto entre la fundación del mundo y la sabiduría de las escrituras.

Mateo seguía inmerso en sus explicaciones cuando me acordé de Mildred y de su temor a que mi soledad, mi necesidad de contemplar el mundo y no involucrarme en él, me llevase a la locura. Tal vez sus miedos se estuviesen volviendo realidad, me repetía. No importaba, no podía darle la espalda a Mateo. Le debía mucho, probablemente la vida. Había sido como un padre desde que llegara a Henoc. Cierto, sabía que me estaba dejando arrastrar por las alucinaciones de un loco, pero ese hombre me había salvado la vida y eso no lo podía olvidar. Me convencí de que tenía que haber algo de verdad en sus explicaciones.

Mateo siguió explicándome el lenguaje del viento a partir de las notas en los márgenes de esos tres libros que cualquiera hubiera dicho que había escogido al azar.

—¿Ves? Aquí está el Aleph, que representa el principio y el fin, seguida, primero, por Sof, que significa el secreto y el infinito, y luego por Ain, que es su antónimo y que tradicionalmente ha representado al Traductor del Viento. Esas dos palabras unidas forman la palabra Arqa, que en arameo significa *tierra*. Un poco más apartada, más allá de los rayos de luz, la Yod, o el punto oculto, representa al discípulo, que deberá ser el próximo Traductor. Pero antes tiene que pasar por la experiencia de la luz, por eso los rayos del sol lo envuelven. Sin embargo, hay algo que no encaja del todo. Sobre el dibujo de esta letra vemos el rocío como si se tratara casi de un velo, y luego las palabras *Eres Nesyya,* que significa *la tierra del olvido* —yo iba viendo esos detalles que él me señalaba mientras me los explicaba, y entendí por un momento su lógica—. Fíjate. Aquí, la representación del Libro con las escrituras de luz, donde Dios escribe los nombres de los justos, está en lo que parece un lugar secreto. Por eso está rodeado de oscuridad. Si miras bien, podrás percibir que el dibujo de las letras B, Yod y He, colocadas al pie del Árbol de la Vida, se unen para formar una llave, seguida por una estrella muy brillante que se eleva hacia el

Norte. Tuve que cambiar varias veces su lugar y sus posibles lecturas para poder interpretarlo, y llegué a la conclusión de que había una sala secreta en el lado norte de la biblioteca. Todas esas letras y jeroglíficos que se pueden ver en los márgenes de los manuscritos parece que nos dan la clave. Aquí se ve otra puerta escondida representada como un rayo que señala hacia adentro.

—¡Imposible! Conozco esta biblioteca mejor que nadie, incluso mejor que tú, mal que te pese, y te digo que no hay ninguna otra puerta; al menos no en este recinto.

—Tal vez no la conozcas tanto como crees, así que vamos a recorrerla palmo a palmo.

Por mucho que insistiera sabía que sería inútil: cuando a Mateo se le metía algo en la cabeza era imposible razonar con él. Por lo tanto, lo seguí sin decir nada, observando cada detalle del edificio. A veces se detenía, tocaba alguna imagen y la observaba por un rato. Luego de revisar los muros, las escaleras y la nave, ya en la entrada del sótano, me dijo con una voz algo autoritaria, que me molestó:

—¡Abre, por favor!

Puse mala cara y abrí la puerta. Me parecía absurdo. Había estado allí mil veces y sabía que no daba a ningún otro lugar más que a varias salas con algunos libros. Bajamos. Empezó a sacar los pocos libros que quedaban en las estanterías sin ningún éxito. Yo observaba, sin saber qué hacer. Todos, pensé, más tarde o más temprano, nos volvemos locos en Henoc. Sin embargo, y por alguna razón que aún hoy no puedo explicarme, no puse fin a todo aquello. Oí a Malik, seguida por Tomás, bajando las escaleras. Malhumorado más conmigo mismo que con ellos grité:

—¡No bajes! ¡Vuelve a mi oficina! —no me hizo caso, por supuesto. Entró en la recámara en la que nos encontrábamos. Mateo sacó una pequeña pelota que guardaba a veces en su bolsillo, salió y la tiró hacia el pasillo. Malik y Tomás, tropezando uno con el otro, corrieron detrás de ella, y allí comenzaron a jugar mientras nosotros seguíamos buscando. Sentía que todo se me iba de las manos, que ya no tenía control del único recinto más o menos normal de mi vida: el trabajo. Aunque sabía que tampoco quería, o podía, poner fin a toda esta locura. ¿Curiosidad? ¿Me divertía? ¿Estaba tan loco como mi maestro?

Mateo continuaba sacando algunos tomos, leía unas páginas y los devolvía a su estante; después seguía revisando las paredes de la biblioteca. De repente, se oyó un ruido fortísimo y extraño de la recámara de al lado. Nos asustamos. Temimos que algo le hubiera pasado a Malik. Corrimos hacia la sala contigua. Allí, Malik, no sé cómo ni por qué, había sacado parte del suelo. El parqué debía de estar ya carcomido y flojo por los años y la humedad. La casualidad quiso que, allí mismo, se encontrara una puerta con una cerradura que la niña abría en el momento en que entrábamos.

Nos acercamos. Vimos un tramo de escaleras que se perdía en la oscuridad. Intentamos primero convencer a Malik de que subiera al primer piso, con Tomás. No sabíamos qué podíamos encontrar allá abajo. Malik se puso a llorar y se negó rotundamente a marcharse. Quería bajar con nosotros. Mateo comenzó a descender por la escalera. Me di por vencido, tomé a la niña en los brazos y lo seguí. Sentí los saltitos de Tomás al bajar las escaleras detrás de mí. El haz de luz de mi linterna iba marcando nuestros pasos y mostrando unos escalones de mármol desgastados. Creí que iba a resbalar y me apoyé en los azulejos que cubrían las paredes. Sentí el frescor de los muros. Tuve la sensación de que no me encontraba en Henoc, sino en otro lugar, lejos del desierto. Una vez dentro encontramos el interruptor y encendimos la luz al tiempo que nos asaltó el olor a libros antiguos. Ante nosotros apareció una hermosa sala, muy amplia. No lo podía creer. Allí estaba, ante mis ojos, la biblioteca escondida. «Después de todo, las leyendas de Henoc resultan ser ciertas», pensé, sin saber ya qué era verdad o mentira.

Se notaba que había sido construida con esmero: cómoda y acogedora. Me sorprendió el buen estado en que hallamos los textos que allí descubrimos. El techo revestido de paneles de madera tallada y las paredes cubiertas con estanterías de roble labrado que iban del suelo hasta el techo le daban a todo el lugar una autoridad imponente. Los anaqueles estaban repletos de libros. Había otra entrada que daba a un corredor que me pareció, en ese momento, infinito. Decidimos revisar la sala primero, luego continuaríamos investigando el resto del recinto. Sentamos a Malik en el sofá y le di mi bolígrafo y algunas hojas que encontramos en el escritorio de la sala.

Era un enorme escritorio rectangular, también de roble, en el centro del cuarto, con una silla de tapiz floreado que hacía juego con el sillón que se encontraba a su derecha y con el sofá de amplio respaldo que estaba a la izquierda. Al lado derecho, una lámpara de pie parecía invitar a la lectura. Mateo se acercó a uno de los estantes de la pared y extrajo un volumen. Acarició la piel de las tapas y leyó el título en voz alta, con una pequeña sonrisa: *El ingenioso hidalgo don Quijote de la Mancha*. Comenzó a ojearlo por el único placer de mirar. Luego, tomó *Beowulf*. Siempre tuvo una gran debilidad por la literatura medieval. Yo también fui a coger uno de esos volúmenes. En el momento en que me acerqué a la estantería sentí que me picaba la nariz. La cantidad de polvo acumulado me hizo estallar en unos estornudos que, por un instante, creí que no me permitirían revisar el contenido de sus estantes. Después de encontrar un pañuelo en el bolsillo y ponérmelo sobre la nariz pude continuar. Cogí algunos textos. La resistencia de los viejos libros y manuscritos me conmovió. Parecía que pedían que los salváramos. Me percaté rápidamente de que muchos eran clásicos, en sus idiomas originales. Después leí algunos títulos. Esos volúmenes pertenecían a los campos de la filosofía, el arte y la biología; no parecía haber ninguno de teología. Pensé que debían encontrarse en las recámaras interiores. Los revisaríamos durante los próximos días. No sabía entonces lo equivocado que estaba.

Aunque sospechaba que ya todos los títulos estaban registrados, quería asegurarme de que las ediciones eran tan antiguas como parecían. Y así fue. Con mi móvil pude averiguar que algunos eran primeras ediciones, varios incunables. Me preguntaba: «¿quién podía haber conseguido estas ediciones?, y ¿por qué las trajeron a Henoc, donde ya nadie leía?», cuando vi que Mateo sacaba un tubo de cartón de uno de los cajones que quedaban al pie de la estantería. Del cilindro extrajo unos manuscritos. Los puso sobre el escritorio, los abrió cubriendo toda la superficie de la mesa y se sentó para estudiarlos. Allí empezó a tomar apuntes que luego tachaba para cambiar las palabras de lugar, como si se tratara de un rompecabezas y no de una lectura.

Mientras tanto, cogí *Fahrenheit 451*. Me pareció muy apropiado para el momento. Leí al azar: «Recuerdo que los diarios morían como gigantescas mariposas. No *interesaban* a nadie. Nadie los echaba en falta. Y el gobierno, al darse cuenta de lo ventajoso que era que la gente solo leyese acerca de labios apasionados y de puñetazos en el estómago, redondeó la situación con sus devoradores llameantes.» En ese momento oímos a Malik. Parecía leer algo, pero no le presté mucha atención.

Mateo y yo seguimos revisando los cajones al pie de los anaqueles. Encontramos los primeros mapas de la ciudad, prohibidos aún hoy día. Henoc, aunque había crecido, no parecía haber cambiado mucho. Pero algo nos desconcertó: la biblioteca no aparecía. Siempre se había asegurado que era el edificio más antiguo de Henoc. Después de cerciorarnos de que no había más manuscritos, Mateo volvió a su escritorio. Yo, por mi parte, comencé a clasificar y a registrar los volúmenes que habíamos encontrado para luego poder pasarlos al ordenador. De repente, oí decir a Mateo:

—¡Qué haces! La policía tiene controlados todos los archivos. Si inscribes estos libros, podría averiguar lo que estamos haciendo.

—Pero, por favor, Mateo —respondí—, ¿sabes cuántas personas usan ordenadores diariamente? ¿Qué les importará a ellos unos libros?

—Eso es lo que tú te crees.

Lo obedecí más por el miedo que vi en su rostro que por convicción. Continuamos revisando los volúmenes. Quería encontrar algún texto que explicara la razón de que la biblioteca no apareciese en los primeros planos de la ciudad. Ya habían pasado unas cuatro horas cuando Mateo me pidió que me acercara al escritorio. Creía haber podido descifrar parte de los manuscritos. El primero era una carta dirigida a mí o, mejor dicho, al bibliotecario, y hoy en día yo era lo más cercano que existía a esa función. Me dijo que le había sido muy difícil entender los textos, ya que estaban escritos en una de las formas más antiguas del idioma del viento. Debieron haberlos escritos hacía varias generaciones.

La carta al bibliotecario comenzaba con una cita en hebreo de *El libro de la claridad* que Mateo tradujo: «El hombre crea cultura, como Dios naturaleza.» Luego continuó leyendo en voz alta los fragmentos que había podido descifrar hasta ese momento.

El bibliotecario es el guardián de las cuatro puertas. Será él, el sacrificado para nuestro bien. Será él, el guardián del Traductor del Viento y su discípulo... El primer sospechoso fue Dios... Pensamos que nos había mentido, que nos había traicionado... Rogamos y suplicamos durante varios días y semanas. Entonces nos fue revelado que Dios era inocente... El pacto que había firmado el Señor con los Patriarcas –primero con Abraham, luego con Isaac y, por último, con Jacob– estaba llegando a su fin... Aun cuando los Justos se desconocen entre sí, cada uno siente la presencia de los otros. Si se acerca el final del pacto, una ráfaga de viento, el susurro de la brisa o el vuelo de un pájaro le advierte a la humanidad... El mundo ya no recuerda ese idioma, y sus advertencias no fueron percibidas. Supimos de la desaparición de varios miembros del Clan de los Justos. Ahora quedan doce. La humanidad solo tendrá tres generaciones de misericordia. Nuestro corazón se afligió porque, como dicen las Escrituras, «cuando muere uno y otro no ocupa su lugar el mundo cesa». Los treinta y seis Justos, los Guardianes del Enigma Divino, se desvanecen. Se borran como las huellas sobre la sabana al pasar la brisa vespertina. Las claves que forman el enigma divino desaparecen, y las letras en la firma de Dios se van borrando con cada una de ellas.

La salvación está en aquel que habita el idioma... En el entresijo del lenguaje del viento hay que descubrir al nuevo Traductor. El nuevo Traductor nacerá en Henoc. Solo él podrá descifrar el mensaje. Solo él podrá firmar el nuevo pacto entre lo divino y la humanidad y así salvar a este pueblo mancillado por el vacío... La transición metamorfosea el significado. El Traductor sabrá darle una nueva interpretación al pacto. Su lectura comenzará una nueva tradición. Muchos lo traicionarán. No le creerán e ignorarán el nuevo credo para seguir aferrándose a la antigua fe... Continuamos rogándole al Señor. El Bendito ya no pudo comunicarse con nosotros. Habíamos perdido su Gracia. El nombre de Henoc quedó reflejado en la arena del desierto. Por eso nunca llegamos a entender la razón de nuestro destino... Supimos de la gravedad del momento cuando oímos sus palabras, pero no comprendimos el significado.

La siguiente carta no hablaba del Traductor, sino de Henoc. Ellos mismos, los autores de estos manuscritos, parecían sorprendidos de que su fe les hubiera deparado este destino. Les era incomprensible. Lo acataron, aunque sin entender por qué.

La población de Henoc ha perdido todo contacto con su vida interior. Viven necesitados de las imágenes que se proyectan en las pantallas, en las que quieren verse reflejados. Desean lo que esas imágenes desean. Necesitan lo que esas imágenes les dictan. Creen lo que ellas creen. Así, los ciudadanos de Henoc están mancillados por la complicidad con una realidad que se alimenta de falsos deseos. La población ha ido borrando su vida interior. Son caparazones vacíos... Sabemos que un nuevo milenio necesita un espíritu nuevo, un alma muy diferente a las anteriores. Para poder cerrar el pacto con lo divino por el siguiente milenio y mantener la comunicación con Dios, se necesita un ser que represente ese nuevo universo interior. Es por eso que no entendemos cómo en un mundo como el de Henoc podrá surgir el Traductor y redactar otro pacto... Pero tenemos que creer. Tenemos que tener fe. Aquellos de almas puras podrán verlo y saber que es él el que debe guiarlos.

El tercer manuscrito estaba dirigido al nuevo Traductor, que también sería el nuevo firmante del Pacto Divino. Mateo trató de descifrarlo sin éxito. Malik se acercó y alzó los brazos para que Mateo la tomara entre los suyos. Y así lo hizo. La sentó en su regazo. Quería seguir descifrando aquellos mensajes cuando vio que Malik, señalando cada uno de esos símbolos, leía: «Preservar biblias. Transformar palabra en objeto. Preservar el idioma en la hoja...» Los dos la miramos algo perplejos y quizás por eso se asustó. De un salto se bajó del regazo de Mateo y comenzó a correr por la biblioteca. Mateo estaba consternado. Luego de un momento dijo:

–No puede ser. Preservar biblias. ¿Qué quiere decir? No quiere decir nada,

Se le veía confundido, aunque no porque creyera que Malik fuera capaz de leer aquellos símbolos. Pensé que había dicho eso como podía haber dicho cualquier otra cosa. Malik se pasaba horas escuchando a Mateo y había recogido muchas de sus expresiones y, tal vez, hasta sus preocupaciones. Pero me alegré. Entendí inmediatamente que la leyenda del Traductor del Viento sería la salvación de Malik. Los samuelitas la salvarían. Nunca permitirían que la abuela se lucrara con ella en un futuro obligándola a prostituirse. Le darían una buena educación y la protegerían.

–¡Malik! Claro, Mateo, ¿no lo ves? Ahora entiendo. Te fue enviada. Ese día. ¿Te acuerdas? El día en que se metió por las rejas no buscaba a Tomás, sino a ti. Estoy seguro. Tiene que ser así.

Me miró con sospecha.

–De repente te vuelves creyente –me dijo entre un poco disgustado y algo confundido.

–No lo sé. Ya no sé qué creer, pero reconozco que me alegró mucho que Malik sea la próxima Traductora.

—Pero ¿preservar Biblia? No puede ser, va en contra de todo lo que sabemos. Lo divino, a diferencia de lo que ha querido pensar el hombre, no le pertenece a ninguna creencia o religión en particular. El lenguaje del viento no está limitado a las restricciones sociales o históricas. Tanto el Corán como la Torah, la Biblia, los Vedas y tantos otros textos sagrados son diferentes expresiones de lo divino. Por eso mismo, es imposible que diga «preservar Biblia». Lo divino no se ciñe a una sola expresión espiritual o religiosa. No sé... Malik no sabe lo que dice.

Creo que la frustración –había visto la salvación de Malik en ese mito religioso y ahora se esfumaba– me empezó a cansar. No sabía si seguir insistiendo o dejarlo y buscar otro modo de salvarla. Mateo quería que continuáramos investigando. Me negué. Estaba harto. Él tomó a Malik y la sentó con él en el escritorio. Me dijo que quería comprobar si la niña podía o no continuar traduciendo las notas restantes. Insistí en que teníamos que descansar. La niña necesitaba dormir la siesta. Estaba malhumorada y nerviosa. Ya se le estaban cerrando los ojos. No quiso oírme. Continuó pidiéndole a Malik repetidas veces que le dijera qué ponía en esos papeles. Pero la niña estaba cansada y se negó. Comenzó a llorar. Quería irse.

Me llevé a la niña a mi oficina y Mateo se quedó revisando algunos manuscritos más. Me dijo que pronto subiría. No volvería a ver a Mateo en toda la tarde. Luego de varias horas, entró en mi oficina donde me encontraba leyendo unos informes. Se acercó en silencio. Se sentó en el sillón. Parecía preocupado. Comenzó hablar despacio. Me dijo que necesitó esas horas a solas para reconciliarse con un discípulo que no se había imaginado. No sabía qué esperar. Ni siquiera podría asegurar que él estuviera preparado para una discípula. La tradición no lo había preparado. Sin ninguna ayuda necesitaría poder reimaginarse su lugar en ese nuevo esquema. Me aseguró que durante esas horas solo allí abajo se acordó mucho de su hija. Ya le había fallado a Petra. Ahora Malik estaría siempre ahí para recordarle todos los días su desgracia. ¿Estaba su Dios poniéndolo a prueba o dándole una segunda oportunidad? No lo sabía. Quizás era un nuevo modo de castigo. Nos quedamos en silencio. Luego de un largo rato, continuó diciéndome que, de todos modos, él no era lo importante, qué sintiera él no significaba nada. Teníamos que poner a salvo a Malik. Le aseguré que haría un gran trabajo como su maestro y protector. Tal vez no fuera yo, como él había querido creer, su redención, sino Malik. Quizás su Dios le había mandado a Malik como una segunda oportunidad. Asintió, preocupado de no poder asumir ese destino.

Los próximos días Mateo se dedicaría a intentar interpretar la lectura de Malik. No entendía por qué se había referido a la Biblia y no a la Torah o al Corán, por ejemplo. Por qué salvar únicamente la Biblia. No podía creer que lo divino se basara en un único texto.

Ahora venía acompañado de varios monjes, amigos y confidentes, bajaban hasta la biblioteca escondida y allí pasaban el día revisando y estudiando los contenidos de varios manuscritos. Varias veces llevaron a Malik con ellos. Querían ver si podía seguir traduciendo aquellas notas. Mientras tanto, yo, en el primer piso, vigilaba para que nadie entrara en la biblioteca. Mateo y sus seguidores creían que otra rama del samuelismo quería detener sus investigaciones. Los habían tachado de fanáticos y aun de herejes. Tenían miedo de que averiguaran lo que estaban haciendo en la biblioteca.

Supe entonces que Mateo pertenecía a un grupo de samuelitas descontentos con el rumbo que había tomado su religión. Mateo y sus seguidores creían que los samuelitas se habían politizado. Habían olvidado sus orígenes. Sus líderes religiosos habían olvidado su credo. Este grupo liderado por Mateo deseaba devolver al samuelismo su propósito. Muchos se opusieron. La congregación se había privilegiado de las nuevas políticas. Había conseguido muchos beneficios económicos y culturales. Su religión crecía gracias, creían, a este apoyo gubernamental. Sin embargo, en los últimos años se había producido una gran fricción entre los diversos grupos que se fueron creando en el convento.

Era ya otoño, aunque aquí en Henoc eso no significa nada, cuando pudieron descifrar la verdad de las escrituras. Malik seguía repitiendo «preservar *biblos*». El Objeto. La hoja. Luego, leyendo un poco más adelante volvía a repetir «preservar Objeto». Mateo y sus compañeros, en las primeras semanas de octubre, llegaron a una conclusión –o supieron por intervención divina, no lo sé– sobre la interpretación correcta.

–*Biblos* no se refiere aquí a la Biblia –me dijo apoyándose contra el alféizar de la ventana norte mientras me miraba– sino al libro. Mientras me hablaba, vi a Malik cogida de la mano del hermano Andrés. Iban hacia la mesa donde muchas veces se dedicaba a pintar.

–El libro –volvió a decir, y sonrió–. Eso es lo que nos quieren decir. Tenemos que preservar el libro. Tenemos que salvar el objeto mismo.

Se volvió a mirar a Malik, que ya estaba sentada en su silla con Andrés a su lado y Tomás a sus pies. Mateo la miró, sin saber cómo tendría que actuar frente a ella de ahora en adelante. Y eso lo atemorizó un poco.

La historia oficial de Henoc (4)

Una creencia muy arraigada centra el último gran conflicto de Henoc en las figuras del bibliotecario Agustín Smatreta y el religioso Mateo Salinguiere, mejor conocido como «el Traductor». La población pudo aunar y dar voz a los grandes conflictos sociales y culturales a través de estas dos figuras.

Entre todas las influencias, la de una nueva religión, el samuelismo, fue sin duda la más extensa y decisiva. Las viejas religiones no eran capaces de canalizar las inquietudes de una población que había perdido toda cohesión social y política. Así, el samuelismo fue tolerado primero y necesario después para las autoridades de Henoc como mediador entre el poder económico y político.

El samuelismo surgió del esfuerzo decidido de moldear una forma de vida en que se aunaran aspiraciones comunes, a pesar de, o por esa misma razón, las fuerzas económicas y políticas fueron incapaces de hacer frente a las peculiaridades de los diversos grupos de Henoc.

La nueva fe samuelita influyó en alguna medida en el desarrollo cultural y en la orientación de la mentalidad sociopolítica. Introdujeron no solo las típicas concepciones religiosas, sino también nuevas interpretaciones de los libros sagrados más importantes. El signo de esta perpetuación fue la superstición, alimentada también por un pobre sistema educativo. Las creencias samuelitas enfatizaban el pasaje del Apocalipsis cuya lectura e interpretación se privilegiaba sobre cualquier otro pasaje bíblico o de cualquier otro libro religioso. El samuelismo triunfó poco a poco e impuso sus creencias con diferente profundidad en las diversas capas sociales.

De este modo, el samuelismo alcanzó las diversas capas del conglomerado social de Henoc. A partir del año 2174 el gobierno de la ciudad comenzó a negociar con el samuelismo para aprovechar su influencia sobre las clases más marginales. De este modo se introdujeron creencias e ideas, antes inusitadas.

Todo misterio, la otra realidad, parecía ofrecer un signo escondido de salvación, pero no solo espiritual, sino como una forma de organización, un modo de convivencia más armónica, socialmente más efectiva, mientras comenzaban a desmoronarse las débiles estructuras económicas y políticas de Henoc. El rasgo más característico fue la presencia de lo mágico, que saturaba toda la concepción de la vida y toda la interpretación de la realidad.

Una figura sobresaliente de este movimiento religioso fue Mateo Saliguiere. Mateo creía en poner en acción su vocación religiosa en beneficio de la propagación y la defensa de su fe. Ferviente creyente supo promulgar sus creencias en los barrios más marginales. Su labor de enseñanza y de caridad se complementó con la celosa defensa de una fe que la elite dominante no quiso o no pudo comprender en sus supuestos más profundos. Por ese camino llegó a impresionar a los ciudadanos que reconocían en él, un compañero, un par.

Mateo, el Traductor, se había acogido a la protección de los samuelitas luego de haber matado al asesino de su hija. Se ganó el respeto de la gente de los barrios más marginado por su constante labor caritativa con aquellos más necesitados. Muy pronto su figura adquirió carácter de leyenda en Henoc. Nunca abandonó los barrios marginales y mantuvo ciertos reductos inexpugnables especialmente entre las clases menos privilegiadas. La ayuda y el consuelo tan escasos en Henoc constituían la única satisfacción de esta población, el samuelismo, y en especial Mateo, el Traductor, supo capitalizar esa necesidad.

Mateo, el Traductor, predicaba una realidad semimágica, constituida sobre la vaga idea de un traductor de la lengua divina, que se transmitía a través de la naturaleza, el viento, la golondrina o el ruiseñor. Todos podían ser posibles mensajeros divinos, de este modo se volvía a una concepción pagana de la religión. Si esta corriente modificó el panorama profundamente y ejercitó una poderosa influencia sobre la población es porque ya el orden establecido había creado las condiciones en donde la realidad y la cotidianidad eran insostenibles.

En efecto, bajo la dirección de los monjes samuelitas, pero sobre todo de la de Mateo, se reinstauró un mínimo de orden y disciplina en el sistema educativo que repercutió en algunos de los sectores más difíciles de Henoc. Mateo, el Traductor, atento a las inquietudes y tendencias de su tiempo, se mostró decidido a que el samuelismo resolviera el mayor problema de la población: la educación, siempre dentro de los principios de su religión.

La autobiografía de Agustín es un testimonio de esa concepción de vida que se desarrolló en Henoc. Con parquedad de datos y lamentable pobreza interpretativa se advierte un afán por mantener la correlación del proceso histórico, político y religioso de Henoc.

Mateo, el Traductor, se transformaría en el líder de las insurrecciones, en las que se exigiría la liberación de presos que creían inocentes, como el guardián de la biblioteca, Agustín Smatreta. Mateo, durante ese último año, tomó una gran relevancia política. Sería declarado hereje por la jerarquía samuelita que lo expulsó de su credo. Como consecuencia de este hecho se fundaría, más tarde, la organización dedicada a la Preservación del Libro.

La historia sagrada de Henoc (4)

Cuarto libro: Las dudas del profeta

En Henoc la disposición de las constelaciones es diferente a la del resto del planeta. Los días son muy cortos y en cada década se pierden minutos de sol. Sabemos que la oscuridad absoluta cubrirá esta ciudad en unos cuantos lustros. Solo la Estrella del Norte, que aparece anualmente por dos semanas, le dará alguna luz. En esos días el Bendito nos otorga la claridad que la razón espiritual necesita para vislumbrar su Verdad.

En Henoc la orilla arenosa no se toca con el transcurrir del río. El cielo parece descender un poco cada día y estar cada vez más cerca del suelo. Dentro de unos años podremos tocarlo con los dedos de las manos.

La luz se vuelca sobre sí misma. Las tinieblas han penetrado en nuestros ojos y estamos perdiendo el poder de ver.

Su verbo saca, como el agua bendita, las manchas de nuestras almas. Aquellos que lo oímos bebemos de su Gloria. El agua de su Bondad baña nuestro ser y nos fortalece para poder seguir sus propósitos. Sin ese bálsamo nuestra existencia se transforma en el sufrimiento del sediento, sin su esencia nuestro vivir se transforma en el dolor del hambriento.

Los descendientes del fratricida se fortalecían y crecían en su maldad. Nosotros supimos la razón de la existencia de Henoc. Allí se libraría la gran batalla entre el Bien y Mal.

El Bendito en su Misericordia se apiadó de nosotros, de aquellos que llevaban en su interior la semilla de su palabra.

El Señor mandó a su siervo Mateo y nosotros lo seguimos en su sabiduría. El Señor nos mandó renovar nuestra fe: una nueva creencia para renovar el espíritu. El samuelismo haría de nuestras almas un escudo contra el Mal.

Los primeros fallarían por su debilidad. Los misioneros que vinieron a salvar a la prole desoyeron a su Señor. No supieron escuchar sus palabras. Lo traicionaron.

Los primeros evangelizadores llegaron para devolver a los descarriados al Bendito. Henoc es muy fuerte. La lógica de su maldad está en todas partes. Estos misioneros tomaron el sendero equivocado. Descreyeron de los dictámenes de su Señor. Se corrompieron con valores extranjeros. Perdieron su pureza y se llenaron con deseos ajenos. Olvidaron el verdadero camino.

Las tinieblas cubrieron sus pensamientos y sus almas. Sus ojos dejaron de ver la luz.

El Bendito convocó a sus leales mientras dormían. Nuestras almas nos avisaron de su pronta llegada. El sueño es el lenguaje en el cual el espíritu nos trasmite los deseos del Bendito. Nos anunció su llegada y nuestra obligación de asistirle en la gran misión.

El gran Juez del universo dictará sentencia con rigidez y misericordia. Templará sus decisiones en la balanza de la bondad y la crueldad divina. Los llantos no suavizarán sus decisiones ni conmoverán su alma. Solo las acciones de los justos podrán moderar su ira y aplacar su Justicia. Rezamos, oramos y nos preparamos para esa responsabilidad.

Pediremos, rogaremos e imploraremos por nuestros hermanos, por los débiles, por los que se descarriaron y por aquellos que no pudimos salvar de Henoc. Henoc es fuerte. Henoc conoce la fragilidad del hombre y sabe corromper la bondad de los inocentes. Aquellos que llegan a sus fronteras sin estar preparados con las armas necesarias para combatir esta ciudad en donde reina la maldad serán vencidos pronto.

Únicamente Él podrá juzgar a su prole. Esperamos su juicio con temor y júbilo. El eje de nuestras vidas es su Ley. Su Amor se derrama en nuestras almas y de allí bebemos la Sabiduría Divina que nos permite continuar en nuestra tarea. Nuestro trabajo de salvación es arduo. Henoc debe ser reconquistada para la Verdad. El Bendito nos mandó sus dictámenes a los elegidos para poder rescatar a aquellos perdidos en las tinieblas de esta ciudad.

«Dispersará las sombras y un torrente de Luz se posará sobre nuestro entendimiento», así dijo el Elegido, el Traductor del Viento.

Los ojos verán por primera vez. Los piadosos ansían justicia. Interpelamos a la Ley Divina para que interceda por la humanidad. El Señor es Misericordioso. Su piedad es un Manto que cubre a los Justos y los protege de la crudeza del pérfido. El Señor nos avisó de su llegada en visiones nocturnas. Sus apariciones nos llenaron de esperanza en el momento de mayor soledad.

«El oído del Traductor discierne y saborea las palabras como el paladar más exquisito saborea los manjares más preciados de esta tierra.»

El Guardián de la Biblioteca será el sacrificado. Toda renovación implica la limpieza espiritual que solo puede traernos una nueva palabra. Se abandonará la violencia de las antiguas lecturas, que se reemplazarán por un nuevo modo de leer. Su muerte será la muerte de los viejos sentires.

El Guardián de la Biblioteca es el guardián del mundo interior. Apostado a las puertas de la sabiduría, custodia la nueva entrada al corazón de lo divino. El Guardián podrá cerrar las seis puertas sagradas del mundo.

El Guardián de la Biblioteca estará indefenso. Será presa fácil. Únicamente el Guardián podrá apreciar la fragilidad de lo bello. Él se sacrificaría por nuestra salvación. El Guardián es el que resguarda al mundo cuando los Patriarcas duermen. Es el Guardián el que nos protege mientras esperamos a que el rocío despierte a los Patriarcas. El Guardián, el sacrificado, quedará para siempre en nuestra memoria.

La autobiografía de Agustín

Lo invade súbito un eclipse, la oscuridad se
apodera de él, no se cuenta entre los días del
año ni entra en la cuenta de los meses.

JOB 2, 2

El ángel de la historia vuelve
su rostro hacia el pasado.

WALTER BENJAMIN

ME PARALICÉ AL VER AQUEL ROSTRO EN EL ESPEJO. Me costó
reconocerme. Estaba más delgado. Nunca fui un hombre gordo
o corpulento, ahora, sin embargo, estaba demacrado. La pérdida
de peso me hacía parecer más pequeño. Comencé a peinarme y
noté que ya empezaba a perder el pelo. Tenía las mismas entradas
que recordaba en mi padre poco antes de morir. Llevaba días sin
afeitarme. Siempre me ha dado pereza hacerlo. Mientras estuve
casado, Mildred me forzaba a que me afeitara diariamente, ahora,
que vivía solo, me había descuidado. Pensé que casi podría pasar
por uno de los tantos mendigos que entraban en la biblioteca buscando refugio y decidí afeitarme de una vez.

Me alegré de no haber tenido hijos. Habría sido horrible que
hubiese heredado este vacío interior. Sin embargo, tenía que reconocer que Malik me había hecho experimentar esa decisión como
una pérdida. Aunque en su momento haya sido la decisión correcta, no dejaba por eso de sentir la nostalgia de lo no vivido. Mildred
nunca había entendido mis razones. Creía que no quería la responsabilidad de criar un hijo. Ahora, después de experimentar el

cariño de Malik, comenzaba a entender a Mildred. Quizás me había equivocado. Tal vez aún estaba a tiempo. Era joven.

Durante esas últimas semanas Mateo y yo ya habíamos discutido varias veces sobre cuál sería la mejor manera de liberar a Malik de la tutela de su abuela. Él quería hacerla ingresar en el orfelinato. Allí podría controlar su educación y su seguridad. Yo me oponía. Argumenté que era una crueldad llevársela al convento, que podía perjudicarla. Los niños no entendían los sucesos de la misma manera que los adultos. Le repetía que no podíamos saber las consecuencias que algo así podría tener en la niña. Alejarla de la abuela era algo muy serio y teníamos que pensarlo bien. Todo, ahora sé, eran excusas para no decir la verdad: no quería que me la quitasen a mí. La necesitaba. La extrañaría.

Ya solo faltaban tres días para que comenzaran los festivos de las dos Semanas de la Gran Estrella del Norte, eso nos tenía muy ocupados ya que eran muchos los preparativos. Como otros años, Mateo, con algunos estudiantes y discípulos samuelitas, me ayudó a transformar la biblioteca en un asilo para los indigentes que necesitasen refugio durante los festivos durante esa época. Llenamos la nave central de catres y una de sus salas la transformamos en un pequeño comedor. Allí tendríamos que vivir por las próximas dos semanas. Mi oficina se volvería, para mí, un pequeño escondite donde me podría resguardar del caos de esos días mientras protegía a la biblioteca y a sus residentes temporales de las pandillas que siempre se formaban en las calles por esas semanas. Intentaríamos pasar inadvertidos fuera del frenesí y la locura que parecía envolver a la ciudad cada año por esas fechas. La biblioteca es uno de los pocos edificios lo suficientemente amplio, e inútil, para poder atender a la cantidad de mendigos que necesitan protección durante ese tiempo. Aunque los samuelitas nunca se opusieron a los juicios públicos, excepto por Mateo, que los ha denunciado abiertamente, siempre nos habían ayudado a cubrir todas las necesidades propias de esos días.

Esa mañana cuando llegué a la biblioteca me encontré que Mateo y sus discípulos ya estaban moviendo las estanterías para dejar más espacio libre. Había usado su vieja llave. Pensó que me ofendería. Con un gesto le di a entender que no me importaba. Estuvimos ocupados en estas tareas todo el día: sacamos mesas, sillas, y aun libros para luego ir poniendo los catres y las mesas para servir la comida. Como todos los años, las autoridades nos amenazarían con encarcelarnos a todos y a mí con echarme del puesto. Entendían que la biblioteca se transformara en un refugio como una forma de resistencia contra los juicios públicos. Por eso tratarían de intimidarnos. A diferencia del resto del año, entrarían a menudo a revisar la identidad y el historial judicial de los refugiados.

Estuve tan ocupado que se me pasó la hora de ir a recoger a Malik. De todos modos llegó al mediodía, al igual que siempre. Malik se escapó de la casa en cuanto se dio cuenta de que no iría a buscarla. La abuela probablemente ya estaría borracha. Como no nos vio en el jardín, entró en la biblioteca. Miró extrañada todas las transformaciones. Corrió hacia Mateo. Creo que algo asustada. Obviamente, no le gustaba nada todo aquello. Enseguida se dio cuenta de que no podía ser el centro de atención, algo a lo que la habíamos acostumbrado. Mateo no tenía tiempo para jugar, y le pidió que se fuera con Tomás. Se podía lastimar, le dijo. Ella empezó a hacer pucheros. Tuvimos que asegurarle que más tarde continuaría leyéndole el libro que tenían entre manos. Eso pareció calmarla. Se fue seguida de Tomás que, para entonces, ya se había transformado en su sombra.

Temíamos que fueran a llegar más mendigos que en años anteriores. Y así fue. En la primera semana, la llamada Semana de Penitencia, tuvimos que conseguir más víveres y hacer más espacio en los corredores de la biblioteca para poner más catres y mesas. También tuvimos que abrir algunas de las antiguas salas de estudio para dar cabida a las mujeres con niños, que cada año parecían ser más. Al final del día, ya cansado, me fui a la oficina. Allí estaba

Tomás, solo. La niña se había ido. Probablemente furiosa porque nadie le hacía caso. Pensé que debía ir a casa de Malik. La visitaría un rato. Haría las paces. Me la imaginaba con una gran rabia contra nosotros. Se sentiría abandonada. Pero no lo hice. Estaba muy cansado. Esa sería la última noche de descanso hasta dentro de dos semanas y quería aprovecharla. No importaba. Iría a verla en los próximos días, pensé.

Me levanté temprano. Me hice un café y fui al balcón. Sentí el aire de la mañana. Aún no había amanecido y las luces de los faroles iluminaban esta ciudad de cemento: sin árboles ni ninguna vegetación que permita dar descanso a nuestra mirada. No lo sabía entonces; esa sería la última vez que vería aquel paisaje con el que nunca antes había podido reconciliarme. Hoy, sin embargo, aquí, en esta celda, sin ventana ni claraboya, extraño ese horizonte árido. Me quedé allí un rato apoyado en la barandilla cuando apareció lo que esperaba. Allí estaba, como todos los años: la Estrella del Norte. Ya comenzaban las dos semanas: Penitencia y Purificación. Como todos los años, Henoc se transformaría: las oficinas públicas y el comercio cerrarían y las calles se llenarían de vendedores ambulantes que ofrecían desde agua hasta muñequitos de los criminales más temidos que se iban ajusticiar esos días. Una gran parte de los habitantes sobreviven gracias a las más diversas estrategias. Durante estas fiestas una gran parte de la población se transformaría en adivinadores, visionarios o prestidigitadores. La decoración de muchos de los bajos de los edificios cambiaría para anunciar que se ofrecían estos servicios. Y, sin embargo, Mateo tenía razón: detrás de toda esta alegría y alharaca, en todas estas fiestas hay un odio compartido y un culto al crimen que ahora me repugna, aunque de adolescente me había atraído mucho. Para gran parte de la población, sin embargo, la infantilización de la cultura mantiene viva esa atracción por la violencia Así, poco a poco, todos nuestros entretenimientos se han vuelto parte de ese culto. La violencia se infiltra en nuestro vocabulario y en nuestra sexualidad.

Los juicios públicos se pueden ver en el estadio o seguirse en cada una de las enormes pantallas que cubren los espacios públicos de la ciudad. Todos retransmiten los juicios las veinticuatro horas del día. Así la población podrá votar e imponer a cada condenado los castigos que mejor le parezca. Muy rara vez se encuentra a alguien inocente.

Los días que siguieron fueron muy calurosos, lo que hizo nuestra tarea más difícil. Por otro lado, Mateo me preocupaba. Lo veía más ansioso. Más viejo. Temía que enfermara. Estaba trabajando mucho. Durante esos primeros días pensé, a menudo, que debería ir a ver a Malik. Debí hacerlo. Pero tal vez porque estaba cansado, o por descuido, no lo hice. Otra vez mi habitual irresponsabilidad volvería a hacerme perder algo importante de mi vida. Mateo me pidió varias veces que fuese a visitarla. Aunque prometí hacerlo, no fui. Mildred quizás tenga razón. La responsabilidad con Malik ya me empezaba a pesar. No sé si fue la pereza, mi irresponsabilidad o simplemente que ya no me importaba. Por eso pospuse, una y otra vez, con cualquier excusa, ir a verla. Si la hubiese ido a visitar, todo se habría podido haber evitado. Sin embargo, tampoco me arrepiento. Este último año en prisión me ha servido para reconciliarme con mi destino. Ahora sé que, desde la muerte de mis padres, todas mis acciones, cada momento de mi vida, me ha conducido hasta aquí.

Al comienzo de la segunda semana, por fin, pude ir a cambiarme a casa. Descansé unas horas: dormí una siesta y luego me di una larga ducha. Estuve debajo del agua caliente, relajándome, hasta que se terminó y cambió a agua fría de repente, lo que me obligó a salir de la bañadera de un salto. Luego me hice una sopa y me senté a comer. Hacía mucho tiempo que no me sentía tan a gusto en mi cuerpo. Miré alrededor. Solo tenía los muebles estrictamente necesarios. Las paredes carecían de cualquier decoración, sin ninguna foto ni cuadro. Mildred se había llevado casi todo. Yo no me opuse. Pasaba más tiempo en la biblioteca que en casa. Tampoco tuve el ánimo suficiente para reponer los cuadros ni los muebles.

Pensé que el piso parecía abandonado, como si nadie viviese allí. Había transformado mi residencia en un lugar de paso y no en un espacio donde descansar y disfrutar de mi tiempo. Decidí entonces que, después de las fiestas, compraría algunos muebles. Ahora podría poner fotografías de Mildred, de Mateo o de Malik, y pegaría en la puerta de la nevera algunos dibujos de la niña. Tal vez hasta podría poner algunos cuadros y más estanterías. Me traería algunos libros de la biblioteca. Nadie los echaría en falta.

Decidí que antes de regresar a la biblioteca tendría que ir al mercado negro. Allí, quizás, quedase alguna tienda abierta. Quería comprarle a Malik un vestido nuevo, algún libro o juguete. Pasaría por su casa antes de ir a la biblioteca para regalárselo. Se alegraría mucho. Así se le pasaría el enojo que, seguramente, debía sentir contra nosotros. Aunque aún faltaban algunos días para que terminaran las fiestas, me la llevaría a jugar un rato.

Estaba pensando estas cosas cuando me llamó Mateo. Era urgente. Tenía que volver de inmediato. La policía había entrado y exigía hablar con el encargado de la biblioteca. Tenían un informe que decía que escondíamos a un criminal. Me dirigí rápidamente hacia allí. Sabía muy bien lo que eso significaba. Buscaban a alguien del desierto. Tuve miedo por Mateo. Sabía que protegería a los indigentes aun con su propia vida. Cuando llegué, los agentes ya registraban el sótano donde no encontraron más que unos cuantos libros. Uno de ellos, furioso, se acercó a mí y, con un gesto agresivo, me preguntó dónde lo habíamos escondido.

—No sé de quién me habla. Todos nuestros papeles están en regla. Así que, si me hace el favor, váyase y déjenos hacer nuestro trabajo.

Obviamente, no le gustó mucho mi actitud, pero ahora era yo el que me dejaba llevar por la ira.

—¡Cuidado! No se me envalentone. Ni los samuelitas podrán salvarlo.

Sabía que tenía razón. La verdad es que no teníamos mucha información de los desamparados que recogíamos por esas fechas. Le había mentido al policía, nunca les pedíamos documentos: podían ser pobres, mendigos, criminales o enfermos mentales. Pensaba todo esto cuando Mateo interrumpió:

–Aquí abajo no hay nadie, como usted mismo ha podido comprobar. Así que, por favor, déjenos continuar con nuestro trabajo. Hay mucha gente que necesita nuestra ayuda –el policía lo miró con desprecio. Su mirada me indicó que sabía muy bien quién era Mateo: él, o algún familiar, debió beneficiarse de la caridad y la bondad de mi maestro. Lo miraba con la rabia del que se sabe en deuda con aquel al que trata como su inferior. A Mateo eso no pareció molestarle.

–Muy bien, pero volveré pronto –dijo, no para intimidarnos, sino para mantener el respeto de sus subordinados, que lo rodeaban en ese momento.

Cuando se fueron tuvimos que tranquilizar a las mujeres con hijos. Las habíamos destinado a la última sala cerca de la entrada del sótano. Se asustaron al ver a las autoridades. Los rumores de que los agentes de policía eran parte de una red de trata infantil las asustaba. Se aseguraba, en los sectores más pobres de la ciudad, que la cantidad de niños que desaparecían anualmente, muchos hijos de desamparadas y de prostitutas, había aumentado desmesuradamente con la última administración. Decían que los vendían no solo para prostituirlos, sino también para abastecer de órganos sanos a la población de los países más ricos. De todos modos, estuviera o no la policía involucrada en esas desapariciones, la cantidad de niños desaparecidos aumentaba de manera alarmante. Por eso, en ese momento, al ver a estas mujeres tan atemorizadas, me invadió la zozobra. Hacía varios días que no sabía nada de Malik. Le comuniqué a Mateo mis temores. Decidimos que tenía que ir a su casa lo antes posible para averiguar cómo se encontraba la niña y si todo estaba bien.

Salí por detrás del jardín para evitar que me vieran los agentes. Rodeé la zona, avanzando rápidamente, sin correr para no llamar la atención. Después de pasar un edificio pintado de rosa y verde que daba a un solar lleno de basura, se encontraba el edificio donde vivía Malik. La fachada estaba casi en ruinas y la mayoría de las ventanas estaban rotas. El terreno alrededor estaba lleno de escombros, seguramente trozos del techo y mampostería que habían caído a lo largo de los años. Los charcos olían a cloaca y orina. Como ya me había ocurrido otras veces, sentí náuseas.

Subí los peldaños corriendo. Llamé a la puerta. Nadie respondió. Esperé un rato y volví a llamar. Nadie contestó. Como una de las claraboyas del pasillo estaba rota y tapada con unos plásticos, decidí subir al techo y bajar por las escaleras de incendio hasta el piso de Malik. Una vez allí entraría por la ventana sin cristales. Eso me preocupó. Cualquiera habría podido meterse en la casa y haber hecho lo que quisiera. Me apresuré.

Me metí en el piso sin mucha dificultad. Aunque la había recogido varias veces en ese edificio, era la primera vez que entraba en el apartamento. La abuela nunca me había permitido entrar. Siempre me hacía esperar en la puerta. Ahora entendía la razón. Las condiciones en el interior no eran mucho mejor que las que había encontrado fuera. Me enfureció la suciedad en que Malik tenía que criarse. Todo reflejaba podredumbre y descomposición. El olor en algunos lugares de la casa era imposible: la basura de días se acumulaba en la cocina. Busqué a la niña por todas las diferentes habitaciones, pero no la pude encontrar. Mi temor y preocupación crecieron. El cuarto donde, me imaginé, dormía con su abuela, olía a cigarrillo; la ropa tirada por el suelo se mezclaba con botellas y trozos de basura que parecían restos de comida. Seguí por un pasillo hasta que, por fin, encontré a la abuela tirada en el sillón de la pequeña sala. Me acerqué y la sacudí para despertarla, sin conseguirlo. Le grité asustado y enfurecido. La sacudí otra vez. Medio inconsciente, me insultó. Intenté sacarle información. Furiosa, quiso echarme de la casa.

—¡Fuera de aquí! ¡Largo! ¡Estás sordo o qué!

—¿Dónde está Malik?¿Qué has hecho con ella?

Se intentó levantar pero volvió a caer: no tenía ni fuerzas para mantenerse en pie. Me desesperé. Volví a sacudirla para que me dijera dónde se encontraba la niña, qué había hecho con ella. Me temía lo peor. Quería asustarla. Mi desesperación aumentó aún más. La ropa nueva que la mujer llevaba puesta y las botellas de whisky sobre la mesa y el suelo me hacían temer que la hubiese vendido o algo por el estilo. Nunca antes me había sentido tan desorientado en cuanto a cómo proceder.

–¿Qué creías?, ¿que ibas a poder jugar con ella por un bocadillo y unas porquerías? ¿Te crees que soy tonta, que no sé lo que vale esa niña?

Supe que lo peor ya había ocurrido. La ira comenzó a controlarme. Sentí ganas de matarla y empecé a amenazarla. Levanté la mano para abofetearla. Me gritó que había hecho lo mejor que se podía hacer por ella: la había vendido en el mercado de adopción. Me enfurecí. No le creí. Sabía que me mentía. Malik ya era demasiado mayor para que la vendiera en ese tipo de mercado. Mi ira creció y sin poder contenerme empecé a abofetearla. Tenía que contenerme, me dije, tenía que calmarme, me repetía, pero me era imposible. Yo ya no dirigía mi comportamiento, la furia me obligaba a sacarme violentamente esa rabia. La mujer lloraba incontrolablemente. En ese momento oí mi nombre, alguien me gritaba que parase. Era Mateo. Reconocí su voz enseguida. Supe luego que se preocupó al ver que tardaba. Sospechó que algo malo debía haber ocurrido. El portero, al que conocía, le prestó la llave del apartamento. Solo necesitó ver mi rostro descompuesto para saber lo que había sucedido.

Me hizo señas de que me apartara, fue a la sala y se acercó a la abuela. Obedecí. Mientras tanto, intentaba calmarme. Nunca me había comportado así. No sé qué murmuró Mateo al oído de la abuela.Ella balbuceó algo incomprensible. Mateo no se alteró. Continuó hablándole. Me pareció que ella le respondía siempre lo mismo. No podía oírlos, aunque sus gestos parecían negar algo. Mateo continuó hasta que después de unos minutos los dos se pusieron a rezar. Ella prorrumpió en llanto. Mateo la abrazó. Ella continuó sollozando, aunque más tranquila. Arrepentida o temerosa, no lo sé, siguió rezando. Seguidamente, susurró algo al oído de Mateo y continuaron orando hasta que ella volvió a quedarse dormida. Mateo me indicó que lo siguiera. Salimos de la casa. Ya fuera y de camino a la biblioteca me dijo que la abuela insistía en que había vendido a Malik en el mercado de adopción. Obviamente sabíamos que no era cierto. De todos modos, había podido sacarle una dirección y un nombre. Me mandó volver a la biblioteca. Me encargó tranquilizar a los refugiados, atenderlos e intentar que se mantuvieran tranquilos. Él iría hasta Saint Nicholas a hacer las averiguaciones necesarias para saber qué grupo había comprado a Malik. Yo hubiera querido ir con él, pero sabía que tenía razón: no podíamos dejar a los refugiados solos tanto tiempo. Además, si los vecinos de Saint Nicholas lo veían conmigo no le sería tan fácil sacarles la información que necesitábamos. Enfurecido, angustiado y atemorizado por la suerte de Malik, entré en mi oficina. Me sentía débil e impotente. Intentaba convencerme a mí mismo diciéndome que Mateo conocía muy bien las calles y a las gentes de Henoc. Lo respetaban y lo querían. Solo él podría averiguar el paradero de la niña.

Así fue. Varias casas de prostitución habían incrementado su mercancía infantil preparándose para los últimos días de las fiestas. Se rumoreaba que la que quedaba en la calle 17 de Saint Nicholas se había hecho, hace unos días, con una pequeña verdaderamente hermosa, por la que iban a pedir mucho más de lo que costaba la media de niños de esa misma edad.

Mateo, con algunos de sus seguidores, y yo nos reunimos para planear cómo rescatarla. Decidimos ir esa noche a la hora en que mostraban la mercancía al público. Intentaríamos comprarla; si no lo permitían y solo la alquilaban, entonces pagaríamos para luego, ya en el cuarto con ella, buscar alguna forma de sacarla de allí. Por lo general, no había mucha seguridad fuera de los cuartos. Nadie quería llevarse a los niños con ellos. Eran una carga, querían usarlos y luego deshacerse de ellos. Nunca pensamos exactamente qué pasaría si el plan no funcionaba. Asumimos que la encontraríamos, la compraríamos y regresaríamos a casa. Sabíamos que llamar a la policía era inútil. Dada la corrupción que existía en muchas de las comisarías, pedirles ayuda era absurdo. Muchos decían que la policía era la primera implicada en este tipo de negocios. Solo podíamos esperar a que anocheciera e intentar sacarla de allí para luego esconderla. No éramos agentes, detectives o mafiosos. No teníamos ni idea de lo que hacíamos, pero me sentía importante. Por fin tenía control de mi vida, yo, y no las circunstancias, controlaba mis decisiones y mis acciones.

Encontrarla. Eso era lo único que importaba. Estaba decidido a hacer lo que hiciera falta. Esas horas se me hicieron interminables. Pensé llamar a Mildred. Luego decidí que era mejor que ella no supiera nada. Únicamente la preocuparía. La conocía muy bien y sabía que iba a querer venir con nosotros, no es mujer de quedarse quieta esperando. Yo no quería ponerla en ningún riesgo, así que decidí contarle todo cuando ya hubiese pasado cualquier peligro. Además, en ese ambiente, la presencia de un tipo de mujer como Mildred llamaría la atención y dificultaría las cosas. No podía hacer nada. Así que me fui a caminar por la ciudad mientras esperaba la hora de ir a comprarla, a rescatarla.

A las nueve nos reunimos en la biblioteca y salimos en dirección a la calle Saint Nicholas. Pronto comenzaría a abrir el comercio infantil. El frío de la noche me refrescaba y me mantenía alerta. Al acercarnos, Mateo indicó el bar en el que se llevaría a cabo la venta de niños.

No sé cómo explicar lo que ocurrió luego. Por lo general, esas escenas nunca me perturban; son muy comunes en Henoc. Las primeras veces que acompañé a Mateo en sus viajes caritativos por esos vecindarios sentí horror y compasión por aquellos niños prostituidos. Sin embargo, esa capacidad para conmoverme se había ido diluyendo con el tiempo. La piedad y el dolor no parecen durar mucho, por lo menos no aquí en Henoc. Así como se disipa el choque de los primeros días también va desapareciendo nuestra capacidad de sentir algo, lo más mínimo, ante semejantes atrocidades. En ese tiempo como ayudante de Mateo fui testigo tantas veces de ese tipo de horrores que se me agotó toda posible disposición emocional para experimentar alguna piedad por esos niños. Luego pasaría muchas veces por esos barrios sin prestar atención a los rostros infantiles que, con una máscara de sonrisa aprendida, intentarían tomarme la mano para llevarme a algún lugar más discreto. Los sacudía para apartarlos como se hace con las moscas. Fue entonces también cuando descubrí un mundo donde la miseria y la ignorancia habían creado una subcultura basada en el abuso y el desprecio a los más débiles. La sed de crueldad había sustituido el sentimiento de dignidad que todos necesitamos para encarar los diversos obstáculos y responsabilidades de la vida adulta. Así, en los barrios más marginales de Henoc, la agresividad, por lo general contra los físicamente más débiles, como los niños, los discapacitados o algunas mujeres, se había transformado en un modo, tal vez el único, en que esa población llegaba a sentirse en control de sus vidas. Todas estas ideas corrían por mi cabeza sin calmar mi ira –más bien el contrario, la ira aumentaba. Intentaba entender para calmar mi ansiedad y rabia. Sabía que, indirectamente, yo también era culpable de la victimización de los más débiles. Yo, como muchos en Henoc, había sido cómplice de ese abuso al no darle la importancia que se merecía. Tal vez el sentimiento de impotencia para cambiar la situación hace que, en lugar de admitirlo, le restemos importancia, y aun a veces le echemos la culpa a la víctima. Cuántas veces no había oído que a esos niños les gustaba seducir a los adultos y que por eso se prostituían. Mi respuesta siempre había sido el silencio.

Una multitud se agolpaba en ese recinto medio oscuro, algo bar, algo discoteca. Una larga barra de madera recorría todo el lado derecho. Algunos clientes habían podido sentarse en los taburetes sujetos al suelo, aunque la mayoría pedía sus tragos apoyados contra la barra. Un camarero malhumorado le gritaba algo a una de las chicas que servía, no alcancé a oír qué. Por toda respuesta, ella le echó un escupitajo en la cara. Los presentes se echaron a reír. Este, humillado, le dio una bofetada. Hubo aplausos y risas. Ella se defendió dándole un puntapié. En ese momento intervino otro camarero, que se interpuso entre los dos y puso fin a la pelea.

Una pizarra detrás de la barra indicaba los precios de las bebidas. De las paredes, de verde naturaleza, colgaban fotografías de mujeres y hombres medio desnudos en posiciones ridículas. Al final de la barra se alzaba una especie de escenario oscuro. Solo se encendió cuando salió una mujer con un micrófono en la mano. Enseguida se palpó el nerviosismo en el ambiente. Miré hacia el lado más oscuro del recinto y me pareció estar viviendo una pesadilla. Un grupo de hombres esperaban. Había murmullos y empujones. Todos querían acercarse al escenario, y empujaban hacia delante para poder así ver bien a los niños que iban a ser ofrecidos. El calor dentro de aquel bar hacía que el olor a sudor se mezclara con el del deseo. Se respiraba la expectativa. Recordé la única vez que con anterioridad había sentido ese tipo de ansiedad: en el estadio, mientras se llevaban a cabo los juicios públicos.

Fueron sacándolos alternadamente, primero una niña, luego un niño. Una mujer de mediana edad, con rostro fofo y muy maquillado, de cabello muy largo y teñido de rubio anunciaba a gritos los nombres de los pequeños, obviamente falsos. Entre las niñas la preferencia era Lolita o Rosa. Entre los niños los nombres más populares eran William y Billy. Ellas iban vestidas con minifaldas y con unos escotes que intentaba insinuar lo que aún no había. Maquilladas para resaltar sus rasgos más infantiles, las más experimentadas se movían o bailaban al son de una música que solo ellas podían oír en medio del ruido de la muchedumbre. Luego la mujer anunciaba los muchos servicios que estaban dispuestos a ofrecer. Los precios cambiaban según el tiempo que se los necesitara y lo que se deseara hacer con ellos. Los niños llevaban pantalones cortos muy apretados y bailaban al son de unos tambores.

Ya habían desfilado unos ocho o nueve cuando anunciaron la entrada de algo especial. En la expresión de los que me rodeaban pude ver que era lo que estaban esperando. El nivel de ansiedad aumentó más aún: iban a exponer a las vírgenes. Primero sacaron a un niño que no parecía tener más de cinco años. Eso me produjo semejante repulsión que no creo que hubiese podido mantener la calma si no fuese porque la mano de Mateo en mi hombro logró recordarme por qué estábamos allí. Me tranquilicé. Sabía que teníamos que esperar. Luego salieron otros dos niños. Entonces la mujer señaló hacia el fondo del escenario muy teatralmente. Se encendieron dos focos. Fue verla allí y perder el sentido de la realidad: vestida como una muñeca siniestra, llorando desconsoladamente, aterrada, y lo peor es que era fácil adivinar que eso mismo era lo que atraía más al público. Sus miradas de deseo me dieron asco. Esa niña se había transformado, poco a poco, en una hija para mí. En ese momento lo sentí así. Pude adivinar la excitación de sus cuerpos y deseé tener alguna arma en la mano. Mateo lo había prohibido, conocía muy bien la naturaleza humana y sabía que alguno de nosotros iba a sentir ese tipo de impulso. Sí, esas miradas lascivas hacia Malik, creo, me trastornaron: perdí los límites. Verla allí, en ese desamparo. La rabia. El odio. La ira se apoderó de mí. Qué es lo que pasó después no sé; no estoy muy seguro.

No he sido nunca un hombre violento. Por eso, tal vez, aún hoy recuerdo lo ocurrido como si se tratara de otra persona. En ese momento me pareció que, en lugar de ser yo el que actuaba, era un espectador mirando una película. No sé cómo lo hice, pero creo que la rabia, el odio, el dolor o la vergüenza, en ese momento, de ser un hombre me dio fuerza para abrirme paso entre aquel gentío. Me pareció oír a Mateo que me gritaba algo. Yo ya no oía. Sentí que alguien me tiraba del brazo, pero de un tirón me deshice de él.

Llegué a empujones hasta el pequeño escenario donde la mostraban. La mujer que vio mis intenciones tomó a Malik del brazo. Antes de que pudiera llevársela, la agarré por detrás, le di un puñetazo, o la empujé, no estoy seguro. Hoy todo lo recuerdo como con una neblina. De todos modos, conseguí que la soltara. La mujer corrió hacia el gentío mientras gritaba algo que no comprendí. La gente miraba lo que ocurría con expresión de asombro y furia.

Ya entre mis brazos, Malik se agarró a mi cuello como cuando la llevaba a dormir la siesta. Varios matones, que se hacían pasar por guardias de seguridad, se lanzaron sobre mí. Uno de ellos me mostró una pistola. Sentí que los músculos se me tensionaban. Puse a Malik con mucha dificultad en el suelo, a mi lado. Creo que a uno de los matones le pareció que la iba a devolver y bajó la guardia. Yo, en cambio, le saqué el arma. Solo recuerdo un estruendo. Luego lo vi allí, tirado en el suelo. Sangraba por la cabeza. El llanto. Los gritos. Los rostros a mi alrededor, llenos de furia y sorpresa, se mezclaron en mi mirada. Parecía que todo le estuviera ocurriendo a otro. Volví a tomar a Malik entre mis brazos. Me miró con esos enormes ojos y con una expresión que, por unos segundos, sentí justificaba una vida tan absurda como la mía. Mateo aprovechó el caos que se había producido para llegar hasta nosotros. Le pasé la niña mientras le gritaba con urgencia, con terror, que escapara, que se la llevara lo más lejos posible. Mateo vaciló un momento. Durante esos segundos se preocupó por mi suerte. Sin embargo, no había tiempo para dudas, salvar a Malik era lo único que importaba ya. Lo vi escurrirse entre el gentío. Los matones del lugar me detuvieron sin dificultad. Yo tampoco opuse resistencia. Después de que se cansaron de golpearme, ya desmayado y sin saber ni entender lo que ocurría, me entregaron a las autoridades.

Malik ya se esconde en el desierto. El único sitio seguro hasta que vuelva a reunirse con Mateo. Los samuelitas que dejaron su credo para seguir a Mateo la cuidarán y la protegerán hasta que esté preparada para asumir su futuro. Sé que, una vez que se ejecute mi pena, mi maestro se irá con ellos a cumplir el propósito de su destino.

Mateo me visita a menudo. Creo que también él necesita este tiempo para reconciliarse con un tipo de discípulo que nunca se había imaginado: una niña que podría ser su hija. Malik, mientras tanto, va aprendiendo a vivir un destino para el que la tradición no cuenta con modelo alguno. Y, sin embargo, esa niña será la redención de mi maestro de un modo que ninguno de sus discípulos pudimos serlo.

Sé, no por él sino por otros presos, que Mateo y sus discípulos han sido declarados herejes y expulsados del sacerdocio. Me preocupé cuando lo supe. Sin embargo, a diferencia de lo que me imaginé, a él pareció no afectarle mucho. Me dijo que, aunque no supiera muchas cosas, sabía que su Señor no expulsaba a ningún creyente fuera de su ámbito de redención. Estaba seguro de que siempre estaría al amparo de su Dios, aunque eso no implicaba que estuviera bajo la aceptación del clero. Sé que cada semana se le unen más samuelitas que dejan su credo y se ponen a su disposición. Creo que esto es lo único que lo perturba. No quiere que nadie –y menos sus discípulos– sufran por él.

En este último año Mateo ha creado una orden religiosa dedicada a preservar el libro. Los samuelitas, asegura, han perdido su verdadera vocación. Mantener la palabra en la hoja, leer como modo de vida, preservar la cultura del libro mientras esperan que la Traductora esté preparada para firmar el nuevo pacto divino y poder dirigirlos en su nueva misión es ahora su única inquietud.

Soy culpable. No me disculpo. Me merezco el castigo que me impongan. No por haber matado a un tipo como ese. Se lo tenía bien merecido. Nunca me han dado pena seres así. Reconozco que nunca he sido una de esas personas que comprende y siente compasión por ciertos criminales. No. Nunca he experimentado ninguna lástima por ellos, y tampoco ahora por mí. Soy culpable y me merezco el castigo que reciba, aunque no por haber matado a un ladrón y torturador de niños, sino por haber sido arrastrado por una pasión que no me corresponde. Las creencias de Mateo no son las mías. Lo he querido como a un padre. Lo he respetado. Lo he ayudado. Nunca tuve su fe. Quizás esa manera de entender la realidad que nos rodea esté muriendo, así como mueren los libros. No lo sé. No importa. No estaré aquí para verlo.

De todos modos, mi vida ha sido un absurdo: de alguna manera y sin saberlo he cumplido el mandato que se había propuesto para mí. He llevado a cabo, sin quererlo y sin yo mismo llegarlo a creer, mi función: «El bibliotecario es el guardián de las cuatro puertas.» Y así ha sido. Aunque yo mismo no lo entiendo, ahora lo acepto. Por eso, por ser un imbécil, un papanatas, como Mildred me ha dicho varias veces en mi vida, me lo merezco.

Siento, sin embargo, que he salvado a una niña del horror que es Henoc. Tal vez eso me salve, de algún modo que no entiendo, pero que me alivia de alguna manera. Malik le ha dado algún propósito a mi vida. Y, aunque la razón no me lo explica, también sé, hoy día, que este siempre fue mi sino: haber salvado a Malik del destino de ser una exiliada más en el mundo.

Aquí estoy. Un año más tarde. Ya me han vestido con el uniforme de reo. Me hubiera gustado tener un espejo para verme una última vez, aunque no creo que hubiese podido reconocer mi propia imagen. Estoy seguro de que, en estas últimas horas, me parezco mucho a mi padre justo antes de morir en aquel accidente que transformaría mi vida para siempre. Aunque no tengo fotos de él, poco a poco, así como he ido envejeciendo, mi cuerpo se ha vuelto casi su representación más que la mía.

Es verdad que a veces me ha acechado la sospecha de que las evocaciones que tengo de mis padres son también ilusiones que me he ido construyendo con los años. Quizás todos esos recuerdos no sean más que fantasías. No lo sabré nunca.

Seré juzgado hoy al atardecer. Este año que he pasado entre estas rejas me ha servido para reconciliarme con mi realidad. Las autoridades permitieron que Mateo y Mildred vinieran a visitarme a menudo. Durante este tiempo, he podido experimentar la verdad de Mateo a través de su fe, como una vez la experimenté a través de su caridad. Siempre había pensado que sus cuidados hacia un niño como yo, difícil, que no solo no entendía sino que despreciaba su necesidad de creer en un Dios, era parte de su trabajo caritativo, que lo hacía como un modo de estar en gracia con su Señor, de poder ser un mejor religioso y probar su fe y su total sumisión. Estaba totalmente equivocado. Si yo llegué a quererlo como a un padre, él me quiso como al hijo que nunca tendría.

Ayer vino a visitarme Mildred. Al principio de mi condena le prohibí que viniese. No quería que me viese aquí, de este modo. Le mandé un mensaje con Mateo pidiéndole que se casara, que fuese feliz. Que me olvidase. Ella insistió. Mateo intercedió. Al fin cedí. Mildred, con la ayuda de un guardia que me había conocido en la infancia como compañero en el orfelinato, sobornó a las autoridades para poder quedarse varias horas a solas conmigo. Después de esa primera vez vendría todos los lunes. Parecía querer repetir en la prisión la rutina que habíamos establecido desde que cuidábamos a Malik, y casi lo consiguió. A veces podía sobornar al guardia de mi celda para que se fuera y nos dejara solos. Entonces podíamos volver hacer el amor y casi olvidarnos del lugar en que nos encontrábamos.

Ayer vino a despedirse. Nuestras lágrimas corrieron solo un momento cuando nos abrazamos. Al principio no hablamos. Nos miramos por un rato en silencio. Luego me besó. Casi como un susurro me dijo que estaba embarazada. No me sorprendió. Estaba casi seguro de que no estaba usando anticonceptivos. Nunca le pregunté pero sabía que aún deseaba tener hijos. No me molestaba saber que algo de mí, tal vez algo mejor, quedaría después de mi muerte. Me dijo que quería ponerle mi nombre si era varón, y si era niña Ana, como su madre. Le rogué que no lo hiciera, que no le pusiera mi nombre ni ninguno de la familia. Ella sonrió.

−Buscaré otro entonces. ¿Cuál te gustaría a ti?

−No sé. Pero ponle uno que solo tenga él o ella, ninguno de la familia. Uno que identifique solo a ese bebé.

−Vale, si así lo quieres.

Nos abrazamos en silencio, recostados en el camastro de mi celda hasta que terminó la hora de visitas.

Hoy vendrá Mateo a visitarme por última vez antes de que me lleven al estadio. Fue el que me sugirió que escribiera lo ocurrido. Pensaba que me serviría a modo de catarsis. Después de escribir estas últimas líneas le daré mis manuscritos. Aunque no le fue fácil encontrar papel y bolígrafo, yo quise que mi testimonio viviera en la hoja y no en las pantallas personales. Prefiero que sea Mateo o uno de sus ayudantes quien lo pase a limpio y pueda darlo a conocer al mundo.

La historia oficial Henoc (5)

.

Desgraciadamente no se tomó en consideración la relevancia de Mateo como líder espiritual y político. Mateo, junto con algunos discípulos, intentó atacar la cárcel con piedras y martillos, y luego se encerró en la biblioteca.Mendigos, prostitutas, criminales y todo tipo de personas se les unirían en los días que continuaron a ese primer asalto a la cárcel. Pedían la liberación del guardián de la biblioteca, Agustín, el Bueno, como lo llamaban por entonces. Aseguraban que el voto popular lo había encontrado inocente, que el gobierno quería silenciar a Agustín condenándolo a muerte. El día de la ejecución el gentío rodeó la prisión en un intento de protegerlo. Pero las fuerzas de seguridad pudieron abrirse paso y llevar a Agustín al estadio. Allí lo fusilaron. Las autoridades querían, dándole una muerte rápida, sin ningún tipo de tortura, calmar los ánimos de la población. No se consiguió.

La multitud se atrincheró en los pasillos, recámaras y salas de la biblioteca. Mateo, el Traductor, ya había organizado un grupo, constituido de mendigos, monjes jóvenes y criminales. En unos días transformaron la biblioteca en una pequeña fortaleza. En el sótano guardaron víveres para poder aguantar varios meses, reforzaron las puertas y ventanas con rejas de hierro. Dentro, en cada sala, hicieron trincheras en las que colocaron fusiles, metralletas, lanzagranadas y todo tipo de armas. Se habían preparado para una larga y dura batalla. El dieciocho de diciembre comenzaron los primeros tiroteos entre las fuerzas de seguridad y los seguidores del Traductor del Viento. Los generales creyeron que los seguidores de Mateo se intimidarían con los primeros enfrentamientos. No fue así. Todo terminaría en una masacre.

En el año 2181, las discordias sociopolíticas se entrecruzaron con los conflictos eclesiásticos. La impotencia de los ediles y la indiferencia de los dirigentes de Comunidades y Servicios hacia las necesidades de la población de Henoc crearon una gran brecha entre ambos organismos. En 2185 no se sabía quién daba las órdenes a las fuerzas de seguridad, si el alcalde o los dirigentes de Comunidades y Servicios. El 1 de diciembre, los soldados atacaron la biblioteca e intentaron derribar sus puertas, sin éxito. Luego rodearon el recinto.

Al principio, las autoridades parecían estar dispuestas a esperar. Sabían que, más tarde o más temprano, se les terminarían los víveres y se verían obligados a rendirse. Ordenaron a las fuerzas de seguridad rodear la biblioteca y no moverse de allí hasta nueva orden. Esperaron un par de semanas. La leyenda sobre la biblioteca había llegado a tener una gran fuerza en la imaginación de los oriundos de Henoc. Las fuerzas políticas temían que muchos soldados se les unieran o que la población estuviera dispuesta a morir por ella. Y así sería.

No obstante, lo que sabemos es que el 18 de diciembre, a las catorce horas, los agentes de seguridad intentaron volver a tomar la biblioteca a la fuerza. Los creyentes opusieron una gran resistencia. No se esperaba que hubiesen podido acumular tanto armamento. Hoy se sabe que la orden fue dada por el capitán Simon Swartz. La paciencia de sus hombres había llegado a sus límites. Los hombres y mujeres bajo su mando estaban agotados, querían ya entrar en acción o que los dejaran regresar a sus casas. Se ha argumentado que hubo una mala comunicación entre sus superiores y el capitán.

Aún hoy no se sabe con certeza la cifra exacta de muertos. Los testigos de aquella tragedia aseguran que los cuerpos se podían contar a millares, otros dices que no pasaban de unos cuantos. Algunos describen los charcos de sangre que se formaron en el sótano, donde muchos se escondieron en el último asalto del ejército. Después de una semana de batallas encarnecidas, se decidió llamar a la aviación. La Navidad del 2185 fue un día fatídico. La biblioteca fue bombardeada desde el aire.

Nunca se encontró el cuerpo de Mateo. Esto únicamente hizo que la fuerza de su leyenda creciera entre la población de Henoc. Muchos aseguran que sobrevivió al asalto escapando al desierto donde espera con sus seguidores, y la Traductora, el momento en que pueda regresar para reconstituir su grey.

Hoy en día creemos que Mateo, el traductor, probablemente se encerró en uno de los pasillos secretos del sótano. Después del asalto hubo una enorme confusión. En el desorden y alboroto del momento algún creyente o simpatizante pudo haberse llevado el cuerpo.

Después del bombardeo se prendió fuego a los restos de la biblioteca. La muerte de Mateo, el Traductor, consiguió hacer de él un mártir y de aquel edificio un espacio mítico. En este relato se asegura que Mateo o el traductor, después de escapar, se habría dirigido al desierto, donde estaría escondido: allí podría entrenar a la nueva Traductora.

Los días que siguieron a la destrucción de la biblioteca se formó lo que se podría describir como una tribu en el desierto. Los ciudadanos de Henoc se transformaron en nómadas. Deambulaban sin rumbo ni dirección. Aunque algunos murieron de sed y hambre, la gran mayoría pudo sobrevivir gracias a la caridad de las grandes potencias que fueron en su rescate. Tras largas negociaciones, las naciones más ricas del mundo decidieron repartirse a los exiliados de Henoc.

Hoy día, los habitantes de Henoc, los pocos que aún quedan, se reúnen a rememorar los viejos tiempos en diferentes bares y clubes de las muchas ciudades a los que se les destinó después de la destrucción de la ciudad. De este modo, esa nostalgia de los padres la heredan los hijos. Algunos descendientes quieren volver a aquel desierto inhóspito para reconstruir la ciudad de Henoc. Aseguran que es su derecho, su herencia cultural. Todo esto ha llevado a que, en los últimos meses, hayan proliferado, a través de la red, muchas versiones de Henoc. Cada versión virtual es una ciudad algo diferente a la anterior.

Ahora, un grupo que se llama a sí mismo los Guardianes del Libro dice tener unos mapas de Henoc. Quieren, siguiendo estos planos, reconstruir la biblioteca. Aseguran que los guía la Traductora del Viento.

Índice